SYLVIE BRIEN

Jérôme
et son fantôme

D1213278

ado et compagnie

À mon fils Arnaud,
avec tout mon amour – S.B.

La vérité est comme l'eau
froide, qui fait mal seulement
aux dents malades.
NICOLAE IORGA

Les personnages et les situations de ce récit étant purement fictifs, toute ressemblance avec des personnes ou des situations existantes ou ayant existé ne saurait être que fortuite.

PROLOGUE

Dimanche, 3 mai 2015

Jérôme Lachapelle n'avait pas mis les pieds à Champvert depuis bien longtemps.

Alors qu'il se recueillait au cimetière du village qui avait vu s'agiter sa jeunesse, de petites percées de souvenirs vinrent éclairer sa mémoire. D'ici et de là, comme sortis d'entre les pierres tombales bien alignées, les événements cocasses qui avaient parsemé ses douze ans surgissaient dans son esprit, tels de lumineux lambeaux d'histoire. Chacun des noms inscrits sur les monuments faisait naître en lui un flot de souvenirs.

C'était une véritable remontée dans le temps...

Sourire aux lèvres, l'homme aux cheveux grisonnants avançait maintenant à grandes enjambées le long de l'allée des morts, avec un plaisir accru à chaque pas, scrutant les dalles, l'esprit en éveil. Il avait d'ailleurs une telle allure que son petit-fils de dix ans ne tarda pas à le tirer par la manche afin de lui chuchoter à l'oreille, en lui faisant de gros yeux :

— Pourquoi tu ris, grand-papa, hum ?

Jérôme s'arrêta aussitôt afin d'observer ce visage qui lui ressemblait tant qu'il pouvait presque s'y retrouver cinquante-deux ans plus tôt. Arnaud l'observait d'un air soucieux, pleinement conscient que rigoler en des lieux pareils, ça ne se faisait pas. Le vent agitait doucement les cheveux noirs de l'enfant. Et ce « hum » auquel le grand-père ne pouvait en aucun cas résister… Un trop-plein de tendresse lui enserra le cœur et lui mouilla les yeux.

— Hum ? répéta Arnaud avec entêtement.

— Je me souviens de tous ces gens qui dorment ici, expliqua Jérôme à son petit-fils. C'étaient de drôles de phénomènes, tu sais. Il s'en est passé des choses à Champvert quand j'avais ton âge…

— Raconte, grand-papa, raconte, le supplia Arnaud.

Et il lui raconta.

Il était une fois, en 1963
Ma famille - Les Lachapelle

Jérôme... c'est moi !

J'ai douze ans et je suis le cadet de la famille. J'ai les cheveux noirs — noir charbon ! comme ma mère et mes sœurs — et je ne suis pas très grand. Mais ça ne m'empêche pas d'être très courageux (parfois même, téméraire) quand il est question de défendre ma fierté ou d'aider mes amis. Ceci dit, je me souviens de situations où j'ai été pas mal moins brave, alors qu'il était question de **fantômes**... Mais maintenant que j'en connais un personnellement, c'est différent !

Camille et Claudine, mes deux grandes sœurs

Elles ont respectivement quatorze et quinze ans. Quoi dire d'autre... ce sont mes sœurs ! Non pas que je ne les aime pas et que je ne suis pas heureux d'être leur petit frère, mais à mon âge, je ne partage pas grand-chose avec elles... En tout cas, pas MON secret !

Simone, ma mère

Avec sa silhouette élancée, ses cheveux en chignon et ses gestes toujours gracieux, ma mère respire l'élégance et la féminité. C'est une femme à la fois fière et timide pour qui la politesse et la bienséance sont des qualités essentielles, même pour les garçons! J'essaie donc de lui faire honneur, même si c'est pas toujours facile...

Aglaé, ma grand-mère paternelle

Grand-maman est une femme chaleureuse et souriante, qui aime bien taquiner son entourage, surtout son mari. Ses rondeurs gourmandes témoignent de son péché mignon de toujours: le chocolat! Mais c'est maintenant en cachette qu'elle en mange, car le médecin le lui interdit formellement... CHUT! pas un mot à mon grand-père, surtout.

Rosaire, mon grand-père paternel

Contrairement à grand-maman, grand-papa n'est pas particulièrement cordial. Son air sévère et froid allié à son attitude autoritaire font de lui quelqu'un de très intimidant... du moins, pour moi! Et sa grande taille, sa maigreur et son crâne dégarni n'aident en rien à le faire paraître plus amical. Ceci dit, il a une très belle voix et lorsqu'il chante dans les églises, tout le monde l'écoute avec admiration... même moi!

1963

Dimanche 8 septembre, 13 h 10

Nous sommes débarqués à Champvert, ma mère, mes deux sœurs aînées et moi, par un beau dimanche de septembre 1963. L'autobus nous a abandonnés, juste en face de l'église, au petit restaurant servant aussi de gare terminus, alors que la messe se terminait et que les fidèles se déversaient en flots réguliers par les deux grandes portes ouvertes.

J'avais douze ans. Orphelin de père depuis peu, je ne connaissais que la grande ville, moderne et impersonnelle, et je m'y plaisais bien. Ce minuscule village d'à peine deux mille âmes qui avait poussé le long du fleuve et où je mettais les pieds pour la première fois me parut alors aussi inhospitalier qu'une **clinique de vaccination...**

On nous dévisageait sans vergogne et sans pudeur, à la limite de la grossièreté, alors que, valise à la main, nous attendions avec impatience que mon grand-père vienne nous chercher. Les visages durs et fermés de ces femmes rassemblées sur le parvis de l'église et leurs chuchotements malsains à l'égard de ma mère nous figeaient d'embarras. Nous étions «*les étrangers*» de la place, comme on dit ici. Ma foi, avec nos cheveux et nos yeux noirs comme le charbon et notre air accablé, nous devions ressembler à un clan d'Italiens laissés pour compte sur un quai plein de valises!

Il faut dire que ma mère, la belle et timide Simone, fraîchement veuve par surcroît, suscitait certainement la médisance de ces langues de vipère. Habillée d'un tailleur foncé qui accentuait sa minceur, ses cheveux noirs remontés en toque sur sa tête — qu'elle gardait haute en toute circonstance, — elle incarnait la grâce et la féminité, qualités incontestablement absentes à

Champvert. Le fait qu'elle osait venir s'installer avec sa marmaille chez son honorable et charitable beau-père (le père de son défunt mari) aurait pu alimenter bien des conversations. Tout se savait très vite ici, et l'air indigné des bonnes femmes qui nous examinaient laissait présager que nous ne pourrions rien cacher non plus.

Notre séjour, en réalité, ne devait durer que le temps de réorganiser notre vie après le décès de papa, soit tout au plus quelques mois, mais nous rêvions déjà de nous échapper de cette funeste prison.

13 h 30

Heureusement, grand-papa arriva bientôt dans sa vieille guimbarde bleu marine, une Chevrolet 1950. D'un air digne, sans sourire ni même parler, et encore moins nous embrasser, il chargea les bagages dans le coffre et nous fit rapidement monter dans la voiture, soucieux de nous soustraire aux regards impudiques de ses concitoyens.

Mon aïeul, que je n'avais rencontré qu'une fois, aux funérailles de papa, était maigre, très grand et presque chauve. Son air sévère et froid n'avait rien de commun avec les allures excentriques de mon père.

Mes sœurs et moi nous sommes donc entassés à l'arrière de l'automobile tandis que maman s'est assise à l'avant, près de grand-papa. Claudine et Camille, de chaque côté de moi et d'un même mouvement, m'ont saisi une main. Mes sœurs voulaient-elles me sécuriser ou, au contraire, être elles-mêmes rassurées? En tout cas, elles avaient toutes deux les mains moites.

Nous avons roulé silencieusement quelques minutes sur la rue principale, bordée de grands érables centenaires dont les cimes se touchaient pour former un magnifique arc-en-ciel de feuilles rougeoyantes qui se déployait au-dessus de la route, puis la voiture s'est garée dans l'entrée d'une résidence.

La maison de mes grands-parents paternels, toute de bois flétri, était blanche, immense, et décorée d'innombrables corniches et volets, ce qui la faisait ressembler à *un lugubre manoir hanté*. En la voyant, un grand frisson me parcourut la colonne vertébrale de haut en bas.

Grand-maman, qui portait le très curieux prénom d'Aglaé, nous attendait sur le seuil de la porte, souriante et pimpante dans ses bonnes rondeurs accueillantes.

— Bienvenue chez nous, mes amours! s'exclama-
t-elle en embrassant tendrement sa belle-fille et
ses petites-filles.

Afin de me soustraire à ses baisers que je
présumais mouillés, je me suis immédiatement
porté volontaire pour aider mon grand-père
à rentrer les bagages dans la maison.

— Comme il est serviable, notre beau Jérôme!
affirma aussitôt grand-maman, qui n'était pas
dupe de ma fuite, en me faisant un clin d'œil.

Le temps de notre séjour, on nous prêta deux
chambres nichées en haut de l'escalier en coli-
maçon: la première, meublée d'un lit à étages,
était destinée à mes sœurs; l'autre, plus petite,
dotée d'un grand lit, était pour ma mère et moi.
Tout en regrettant le lit à étages que j'aurais de
beaucoup préféré, je me consolai en constatant
que le plancher de notre chambre cachait un

grillage de ventilation qui donnait sur le plafond de la cuisine, située juste en dessous.

La chaleur de la cuisine pouvait ainsi monter dans les chambres, mon petit Arnaud...

Je pourrais alors espionner la maisonnée tout à mon aise !

— Pauvre Jérôme, fit grand-maman, derrière moi. Je sais que ce n'est pas drôle pour toi de devoir dormir avec ta mère, mais tu te consoleras au moins avec le kiosque.

— Le kiosque?

Elle me prit par la main pour m'amener jusqu'à la fenêtre du couloir, par laquelle on pouvait apercevoir le fleuve majestueux qui bornait le terrain. Dans la cour arrière de la maison trônait un magnifique kiosque circulaire en bois, comportant deux étages vitrés, un peu semblable au pavillon de musique de mon ancien quartier. Ce serait parfait pour observer les bateaux.

— **Wow!** m'exclamai-je bien malgré moi.

Aglaé, contente, soupira d'aise et caressa mes cheveux noirs.

De son côté, grand-papa n'avait pas l'air particulièrement heureux de devoir nous héberger…

17 h 30

Ainsi, dès le premier repas, nous avons su de quel bois grand-papa semblait se chauffer.

— Simone, dit-il à ma mère d'un ton solennel, je te garde ici gratuitement, mais tu devras voir à entretenir la maison convenablement et à faire les repas. Il y a quatorze pièces. Tu sais qu'Aglaé est malade et qu'elle doit se reposer. Je ne veux pas entendre crier tes petits et je ne veux surtout pas voir d'autres enfants dans la maison. Jérôme, on mange la bouche fermée, sans saper !

C'était le grand chef, le maître des lieux. Sa voix grave, même si les mots étaient chuchotés, nous terrorisait, mes sœurs et moi. L'autorité qui se dégageait de lui était totale. En fait, j'ai eu à ce moment-là si peur de mon grand-père, que la frayeur me coupa complètement l'appétit. J'étais incapable d'avaler une bouchée de plus. Ma mère garda le silence, mais je la vis se mordre les lèvres pour s'empêcher de répliquer. On ne mord pas la main qui nous nourrit, après tout. Mes sœurs se jetèrent des regards inquiets. C'est alors que ma grand-mère, qui était assise près de moi, dit doucement, en regardant son mari d'un air à la fois tendre et moqueur :

— Vous savez, mes enfants, il faut prendre ce que dit votre grand-père avec un grain de sel. À le regarder comme ça, il a l'air d'un gros ours mal léché, mais, en réalité, je ne connais pas d'homme plus adorable que lui. Croyez-moi, il s'habituera très vite à vous, mes chéris. Et comme le disait Jules, ça prendra pas le goût d'tinette !

— Le boutinette ? fit Camille.

— Non, le goût d'tinette, répondit grand-maman. Ça veut dire que ça ne traînera pas.

Tout le monde éclata de rire. Grand-papa, devenu rouge comme un coq, haussa les épaules et baissa le nez dans sa soupe en souriant vaguement.

— Qui est Jules ? demanda ma mère, intriguée, en ramassant les bols.

— Jules, répondit grand-papa d'une voix sombre, c'était le petit frère adoré d'Aglaé et il est mort à l'âge de douze ans. On n'a jamais retrouvé son corps.

— Oh, pardon ! s'excusa aussitôt maman, confuse.

— Tu ne pouvais pas savoir, murmura grand-papa en lui tapotant la main.

Grand-papa était vieux. Il était né au début du siècle dernier et avait donc hérité de toute cette raideur des années 1900 face aux femmes, aux enfants et à tout ce qui est nouveau. Ce n'était pas sa faute… Avec un nom prédestiné comme le sien, Rosaire Lachapelle, ce qui l'intéressait, lui, c'étaient les églises, les curés, les chants grégoriens, et rien d'autre. Chaque jour, du haut de son mètre quatre-vingts, il faisait retentir avec orgueil sa magnifique voix de basse dans l'une des dix-huit églises plantées aux alentours qui honoraient ses talents. En fait, si grand-papa n'était pas devenu curé, c'était seulement parce qu'il avait rencontré grand-maman, le seul être capable de le faire sourire et de lui faire aimer la vie.

Au cours de cette première soirée, alors que les filles faisaient la vaisselle

...les comportements étaient encore sexistes en 1963... pour ma plus grande chance !

et que grand-papa lisait son journal au salon, je suis allé explorer chaque recoin de la maison. Après avoir pénétré sur la pointe des pieds dans la chambre de mes grands-parents, j'ai surpris grand-maman agenouillée devant un tiroir rempli de sucreries. Elle se gavait de chocolats aux cerises ! Comme une petite fille prise en flagrant délit de gourmandise, elle s'est tournée vers moi et, l'index sur les lèvres, m'a offert une tablette de chocolat pour acheter mon silence.

— Le médecin m'interdit de manger du chocolat, expliqua-t-elle, mais c'est plus fort que moi. Pas un mot à ton grand-père, surtout.

Par la suite, j'ai souvent fouillé le fameux tiroir à chocolat en catimini, mais j'ai toujours gardé le secret.

21 h 00

Le soir venu, Aglaé est venue me border et s'est assise au pied de mon lit.

— Grand-maman, lui ai-je demandé, est-ce qu'il y a des fantômes ici?

— Non, mon ange, pas dans ma maison, heureusement. Tu sais, c'est ma maison de petite fille, ici. Je le saurais depuis longtemps s'il y avait des fantômes. Mais d'après ce qu'on m'a raconté, il y a quelquefois de drôles de bruits qui proviennent du hangar, la nuit.

Mes yeux se sont arrondis de terreur car j'avais très peur des monstres à cette époque, et je me suis un peu plus emmitouflé dans les couvertures.

Une fois seul dans la chambre plongée dans le noir, j'ai trouvé le courage de me rendre jusqu'à la fenêtre, dont j'ai ouvert le rideau. J'ai observé un long moment le toit du hangar qui se découpait dans le ciel obscur. Soudain, mon cœur s'est emballé: j'ai cru apercevoir une ombre qui dansait devant la porte. Je n'avais pourtant pas la berlue…

Maman m'avait prévenu que grand-maman s'inventait des « sornettes »,

c'est-à-dire des histoires plus vraies que nature…

Mais qui aurait pu blâmer la vieille dame de s'imaginer la vie plus belle qu'elle ne l'était réellement dans ce village de fous ?

Oui, des fous, mon petit Arnaud.
Des fous drôles, mais aussi des fous méchants, des fous tristes, des fous malheureux...
Je les vois, là, comme figés dans le temps.
Attends que je te raconte encore.

Samedi 14 septembre, 10 h 30

Voilà des heures que je scrutais le fleuve avec mes jumelles à la recherche de navires. Le temps magnifique de cette fin d'été me gardait dehors toute la journée et le kiosque de bois installé au jardin était devenu sans conteste mon lieu de prédilection. Aussitôt levé et habillé, je déjeunais en vitesse d'une tartine de pain de ménage pour courir m'y réfugier jusqu'au dîner, équipé de jumelles, de calepins et de crayons de bois. Je ne me lassais pas d'observer et de dessiner les frégates et les cargos, les voiliers et les barques.

— Jérôme! appela soudain ma mère, où es-tu? Comment, tu es encore là, mon gars? Vraiment, tu devrais te faire des amis, tu joues toujours tout seul. Ça fait presque une semaine que nous sommes ici. Tes sœurs ont déjà des copines, elles. Enfin… tu commences l'école lundi. Bon, peux-tu me rendre un petit service?

— Oui maman, répondis-je sans enthousiasme.

— Va vite me chercher du sucre au magasin. Voici des sous. Fais bien attention de ne pas perdre la monnaie, surtout. Prends ta bicyclette, ça ira plus vite.

Je ne connaissais pas les magasins à Champvert, moi. Bof! il ne devait pas y en avoir des tonnes, après tout. D'un pas traînant, je me suis dirigé vers le hangar et j'ai ouvert la porte. Elle grinça sur ses gonds dans un *bruit sinistre*. Elle devait bien avoir cent ans, cette remise. D'ailleurs, grand-maman n'avait-elle pas insinué qu'elle était *hantée*? J'hésitais à l'idée de m'aventurer sur plus de cinq mètres à l'intérieur du lugubre bâtiment, où j'aurais à trouver ma bicyclette dans la pénombre la plus totale. Frissonnant, j'avançais courageusement vers le fond du hangar lorsque de mystérieux bruits se firent entendre juste au-dessus de ma tête. Évidemment, il était impossible d'y voir quoi que ce soit. Soudain, la lumière s'alluma et je pus voir des douzaines de chauves-souris foncer sur moi. Il y en avait partout.

Quelles **hideuses** bestioles ! Terrorisé, j'agrippai mon vélo et m'enfuis dehors en hurlant.

Mon cœur battait encore furieusement dans ma poitrine lorsque j'atteignis la Grand'Rue.

C'est une chance que cette lumière se soit allumée, pensai-je, *sinon les chauves-souris m'auraient déchiqueté comme un vulgaire bout de fromage. Je me demande d'ailleurs comment elle a bien pu s'allumer, cette lumière...*

Près de l'église se trouvait une bâtisse surmontée d'une enseigne défraîchie qui me fit sourire :

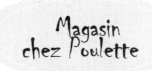

Une fois ma bicyclette accotée sur la devanture du commerce, je poussai la porte au son d'une joyeuse clochette. Une odeur de moisi et de renfermé agressa aussitôt mes délicates narines. Je me dirigeai vers le comptoir désert dont une partie servait aussi de tablette de casse-croûte. Une grosse femme coiffée de bigoudis, portant une robe à pois, surgit brusquement de derrière un rideau de velours rouge poussiéreux.

– Bonjour, mon beau garçon, me lança-t-elle d'une voix mielleuse. Veux-tu acheter quelque chose ?

Ah ! Quelle allure ! pensai-je *en remerciant le ciel de m'avoir donné une mère si jolie.*

Je baissai la tête et mes yeux restèrent figés par l'horreur de ses bas ravalés et de ses pantoufles en faux poil bleu.

— Je voudrais du sucre, s'il vous plaît, murmurai-je d'une voix presque inaudible.

— Du sucre? répéta-t-elle en se rendant au comptoir pour me dévisager. T'es pas un p'tit nouveau, toi? Le p'tit de Simone Lachapelle, par hasard?

— Je m'appelle Jérôme, répondis-je poliment en lui tendant les sous.

— Moi, c'est madame Poulette. Tu as deux grandes sœurs, je crois. C'est quoi leur nom?

— Claudine et Camille.

Je tendis la main avec impatience, attendant qu'elle me remette ma monnaie… et mon sucre. Mais la commerçante s'alluma une cigarette, expira la fumée avec délectation en examinant le plafond écaillé, puis me sourit:

— Tu n'as pas de papa, hein ? Pauvre chou ! Ton père ne vous a rien laissé, c'est pour ça que ta maman est venue s'installer ici ?

Sans répondre, je continuais de tendre la paume.

— Les enfants sont de pauvres petits innocents à la merci des grandes personnes ! continua la dame. Madame Poulette va te faire un beau cadeau : veux-tu du chocolat et un sac de chips ? Tiens, mon beau garçon. Et tu peux revenir quand tu le voudras.

Joignant le geste à la parole, elle mit le sucre, le chocolat et les croustilles dans un grand sac de papier avant de me rendre la monnaie. Je la remerciai et sortis du magasin, heureux de pouvoir me régaler à si bon compte.

11 h 15

Assis sur une caisse de bois, à côté de ma bicyclette, j'allais savourer ma première croustille quand je fis la grimace : elle était molle et humide. Un grand rire moqueur me fit alors lever la tête. Tout près de moi, un garçon de mon âge était appuyé sur son vélo à siège banane. Ses cheveux brun pâle étaient frisés, presque crépus.

— C'est madame Poulette qui te les a données, ces chips-là ? demanda-t-il.

Comme j'acquiesçais, il sourit de plus belle :

— Je m'appelle Daniel, mais tu peux m'appeler Dan. Personne n'achète jamais rien chez Poulette. Le bon magasin, c'est là-bas, de l'autre côté de la rue. C'est toi, Jérôme ?

— Ouais, répondis-je, un peu mécontent qu'il le sache déjà. Tu veux du chocolat ?

– Oui.

Je partageai la tablette en deux. Le chocolat, qui n'était pas frais non plus, avait pris une couleur blanchâtre. Nous l'avons quand même mangé en blaguant.

– Ne raconte jamais rien à la Poulette, m'avertit Dan, c'est la commère du village. Viens…

Il me conduisit jusqu'à la fenêtre du magasin, d'où nous pouvions espionner la commerçante. Elle était au téléphone.

– C'est sûr qu'elle parle de toi à l'autre commère, affirma Dan.

– L'autre commère?

– Oui, la Mailhot. C'est la femme du barbier. Viens.

Après avoir enfourché nos vélos, nous avons pédalé jusqu'à la colonne tournante bleu blanc rouge d'un salon de coiffure pour hommes, «Chez Mailhot», situé à quatre maisons de là.

— Regarde, je te l'avais dit, hein! fit Dan en pointant son index victorieux vers la fenêtre du premier étage, où l'on pouvait distinguer une autre femme au téléphone avec des papillotes en papier dans les cheveux. Je songeai à cet instant qu'il serait pratique pour moi d'avoir un ami comme Dan.

— Bon, ma mère attend son sucre, fis-je après un moment. Je dois y aller. Tu fais un bout de chemin avec moi? Comme ça, tu pourras voir où j'habite.

— Je le sais déjà! s'exclama Daniel. Tout se sait ici. Suis-moi, je vais te faire visiter le village en allant te reconduire.

Nous avons roulé côte à côte sur la voie de gauche, ce que m'avaient toujours interdit formellement mes parents. Mais je ne pouvais tout de même pas prendre le risque de perdre un nouvel ami pour une question de règlement !

— Il n'y a que deux rues dans le village : la Grand'Rue et la P'tite Rue, m'expliqua Dan. Tu vois, là, c'est la P'tite Rue. Tout le monde qui y habite est fou. Fais attention.

Nous avons tourné sur une rue plus étroite, parsemée de maisons délabrées. Daniel est passé devant moi et, toujours en roulant, nous avons longé le trottoir en examinant une à une chaque résidence.

— Ça, c'est la maison du cyclope, cria Dan, devant moi. Et là, c'est celle de Popeye. Voilà celle des Larose.

La maison qu'il pointait était mal entretenue avec, à l'avant, une large galerie sur laquelle trois fillettes blondes étaient assises et chantaient. Mon regard fut *irrésistiblement* attiré par la plus jolie, celle qui portait de longs cheveux. Elle semblait avoir mon âge. La fille se tut et me dévisagea effrontément. Comme j'allais lui sourire, elle se leva brusquement et me lança sa pomme par la tête. Ses sœurs l'imitèrent. J'accélérai mon coup de pédale afin d'échapper à leur fureur. Dan s'arrêta quelques maisons plus loin :

— Les filles Larose, ce sont des folles, affirmat-il. Elles veulent battre tous les garçons.

— C'est de valeur, soupirai-je. Elles sont si belles.

— *Des roses, c'est beau, mais ça pique !* philosopha mon ami.

Une fois arrivés devant la maison de grand-papa, je vis maman qui guettait mon arrivée par une des fenêtres du salon.

— Tu es en sixième année ? me demanda Dan.

— Ouais…

— Tant mieux. On sera peut-être dans la même classe. Je te présenterai Alain, mon meilleur ami. À trois, ce sera plus facile de se défendre.

— Se défendre ? fis-je avec surprise. Contre qui ?

— Tu verras bien lundi, à l'école. Salut !

Alors qu'il s'éloignait, je lui demandai encore :

— Eh ! Dan, tu aimes les bateaux ?

— Oui ! mon père est marin.

Alors je sus qu'il serait mon meilleur ami.

17 h 30

Au souper, en fixant les nouilles au fond de mon bol de soupe, je demandai d'un air détaché :

— Comment on l'allume, la lumière dans le hangar ?

— C'est impossible de l'allumer, répondit sèchement mon grand-père.

— Impossible ? repris-je. Pourquoi ?

— Parce qu'il n'y a pas d'électricité dans le hangar.

Pas d'électricité, pas de lumière. Ça fait mal de la soupe aux nouilles qui sort par les narines quand on s'étouffe.

Lundi 16 septembre, 8 h 15

Ma mère nous embrassa sur le front les uns après les autres, par ordre décroissant de grandeur : Claudine, Camille, et moi.

— Soyez les plus sages, je ne veux pas avoir honte de vous ! Et ne traînez surtout pas en route.

Cette dernière recommandation s'adressait évidemment à moi. Nous avons promis et sommes partis, sac au dos, honteux d'être trop endimanchés pour cette première journée d'école. Comme des « grandes » attendaient mes sœurs à deux maisons de là et qu'elles ne voulaient pas traîner un « p'tit » avec elles, j'ai dû continuer seul ma route.

J'avançais d'un pas traînant, espérant arriver juste après le son de la cloche. Hélas ! la cour de récréation bourdonnait encore de la frénésie propre à la première journée de classe quand je m'y pointai le nez, et je dus affronter tous les regards curieux et inquisiteurs que provoque inévitablement l'arrivée d'un nouveau. Les joues rougies par une gêne impossible à vaincre, je me dirigeais les yeux baissés vers le coin le plus reculé de la cour de récréation lorsque j'entendis crier mon nom. Je levai la tête et reconnus Dan qui venait à ma rencontre. Il était accompagné d'un garçon plus petit que moi (c'est tout dire) avec les oreilles décollées.

— Salut, Jérôme ! Je te présente Alain, mon meilleur ami. On est les trois dans la même classe, il paraît.

Nous avons échangé un sourire soulagé. La cloche sonna et chacun prit son rang en silence, garçons d'un côté, filles de l'autre. Notre directrice, sœur Éliotte, vêtue de sa longue robe noire de religieuse et coiffée de la traditionnelle cornette, nous souhaita la bienvenue avant de nous conduire dans l'auditorium pour nous

« remettre » entre les mains de nos professeurs respectifs.

8 h 30

Dan, Alain et moi nous sommes effectivement retrouvés dans le même groupe, celui de la terrible mademoiselle Cadorette. Je me souviens encore du désespoir que j'ai éprouvé quand cette dernière a psalmodié mon nom à travers ceux des autres élèves malchanceux qui se trouvaient sur sa longue liste.

Mademoiselle Cadorette était une femme dans la soixantaine, à l'allure sévère et à l'air coriace. Ses cheveux gris, remontés en toque, dégageaient un long cou où l'on ne pouvait que voir, bien en évidence, une horrible verrue en forme de…

— Un œuf au miroir! me chuchota Alain à l'oreille.

Je fus secoué d'un fou rire, provoqué bien plus par la nervosité et la peur que par la drôlerie de la protubérance. Trop tard, c'en était fait de moi. Mademoiselle Cadorette me lança un regard féroce :

— **ON SE TAIT DANS LES RANGS, À CHAMPVERT.**

Elle appuya évidemment sur le mot Champvert, me faisant du coup me sentir encore plus étranger à son école et à son village.

— Ah! ah! le nouveau, tu te fais replacer, hein? ricana un grand aux cheveux graisseux au bout de ma rangée.

— C'est Chi-en-litte, murmura Dan, juste derrière moi.

— Chi-en-litte? gloussai-je en répétant le grotesque surnom, qui m'écorcha les oreilles par sa vulgarité.

— Je t'expliquerai…

— **CHUT!** s'énerva une fille placée dans le rang juste à ma droite.

Nos regards se croisèrent, le sien joliment bleu et insulté, et le mien subjugué. Je reconnus la fille Larose, celle-là même qui m'avait jeté son trognon de pomme au visage. Qu'elle était belle, cette blonde aux longs cheveux ondulés…

Nous sommes alors montés à notre classe, où l'enseignante désigna à chacun des élèves le pupitre qui lui était attribué.

— Marie-Hélène Larose, première rangée à droite!

C'était la blonde. Marie-Hélène, quel joli nom. Elle était, de toute évidence, le **chouchou** attitré de mademoiselle Cadorette. Je ne pouvais d'ailleurs qu'approuver le choix de mon enseignante, même s'il n'était basé sur aucun ordre alphabétique.

— Jérôme Lachapelle, première rangée à gauche, annonça-t-elle ensuite d'un ton cassant.

— **Eh! Lachapelle,** me lança Chi-en-litte, **les p'tits culs, c'est dans l'autre classe, celle de première!**

— **Gaston Laflamme, on se tait!** cria mademoiselle Cadorette en lui décochant une claque derrière la tête.

Eh oui! ça se faisait, dans le temps!

Viens donc t'asseoir juste ici, derrière Jérôme, je vais t'avoir à l'œil, espèce de fainéant. Tu devrais avoir honte! Un grand comme toi devrait prêcher par l'exemple.

— Elle est habituée avec lui, ça fait deux fois qu'il redouble! s'esclaffa Dan.

Et tout le monde se mit à rire.

De mauvaise grâce, Gaston Laflamme, dit Chi-en-litte, s'assit derrière moi et commença dès lors à asséner des coups de pied sur ma chaise et à me souffler dans le cou de son haleine putride, ce qui devait durer toute l'année scolaire. Je décidai, sagement je crois, d'ignorer cet énergumène.

Mademoiselle Cadorette questionna ensuite longuement la studieuse Marie-Hélène pour bien prouver aux autres que la jeune fille savait toutes les réponses. Lorsque mon tour arriva, je trébuchai impitoyablement sur les mots et les chiffres, moi qui aurais tant voulu impressionner cette **blonde**.

J'allais m'embourber davantage dans une vaseuse question d'arithmétique quand une sonnerie annonça la récréation. Marie-Hélène se tourna alors vers moi :

— Sauvé par la cloche ! lança-t-elle.

Et elle se mit à rire, imitée par les nombreuses comparses qui l'entouraient, toutes en proie à l'horreur des garçons, me sembla-t-il.

10 h 00

Dan et Alain me tirèrent par la manche :

— Laisse-la faire, c'est une folle.

Elle me fixa bizarrement, la tête bien droite, avant de s'éloigner. Je ne savais pas si c'était du défi ou du mépris que j'avais lu dans ses yeux. Je la regardai s'éloigner et remarquai soudain qu'elle portait une tunique usée, reprisée en plusieurs endroits. Les tuniques bleu marine étaient le costume obligatoire des filles, à cette époque. Nous, les garçons, n'en avions pas.

— Et alors, le nom Chi-en-litte, ça vient d'où ? demandai-je à mes amis en faisant violemment basculer les balançoires inoccupées de la cour de récréation.

— C'est parce qu'il a des vers ! Il se gratte tout le temps le derrière, t'as pas remarqué ?

— Je ne vois pas le rapport…

— Il fait dans sa culotte, la nuit.

— Parce qu'il a des vers ?

Je ne comprenais pas. D'ailleurs, c'était quoi, avoir des vers? Ils hochèrent la tête en riant. Je trouvais cela aberrant. Pourquoi ne le soignait-on pas, s'il était malade? Parlant du loup, Gaston approchait justement de nous, escorté de deux autres compères. Il me bouscula:

— Eh, les p'tits culs, vous êtes pas en première année? Et toi, le p'tit nouveau… Jérôme le gnome, c'est ça? se moqua-t-il.
— C'est mieux que Chi-en-litte! ripostai-je, dare-dare.

Dare-dare, Arnaud, ça veut dire « rapidement »… Mine de rien, ton grand-père avait l'esprit vif, mon petit!

Il me poussa si fort que je tombai assis par terre. Dan et Alain m'aidèrent à me relever.

— **Répète jamais ça devant moi!** m'avertit férocement Gaston en brandissant un index menaçant.

— **Tu veux te battre?** demandai-je, les poings serrés.

— T'es bien trop fluet, je gagnerais tout de suite. On va se mesurer autrement, bébé. Le premier qui traverse le fleuve.

Mes yeux s'agrandirent.

— Le fleuve, à la nage? En septembre?

— **T'as peur, morveux?**

— **Pff! morveux toi-même!** rétorquai-je. J'suis ton homme.

— Dimanche à deux heures, derrière la vieille ferme.

Les trois grands nous tournèrent le dos et s'éloignèrent. Dan et Alain me toisèrent, perplexes.

— Tu sais nager, au moins ?

— Ben oui.

11 h 00

Le cours de catéchèse ne parvint cependant pas à me tirer de l'état de torpeur dans lequel m'avait plongé l'ultimatum de Gaston. Alors que j'étais dans la lune, mademoiselle Cadorette m'apostropha :

— Eh bien, toi, Jérôme, c'est oui ou c'est non ?

Incapable de savoir de quoi elle parlait, je répondis à tout hasard :

— Oui, c'est oui.

Toute la classe éclata de rire et Marie-Hélène me dévisagea, très surprise.

— Bravo, je te félicite, Jérôme, tu fais honneur à ma classe! déclara mademoiselle Cadorette. Je serai fière de dire au curé Berville que notre classe aura son enfant de chœur. Est-ce que je peux compter sur d'autres garçons aussi courageux?

Après quelques secondes, Gaston leva la main en affichant un étrange sourire.

— Bravo, Gaston! tu me surprends beaucoup, s'exclama l'enseignante.

Mademoiselle Cadorette termina la classe de fort bonne humeur, se récompensant même d'une menthe qu'elle suça bruyamment. Quant à moi, j'avais au moins deux bonnes raisons de plus pour ne pas dormir...

Au repas du soir, j'arborais un air préoccupé. Cependant, on ne put rien tirer de moi et je me bornai à répéter à ma grand-mère, pour la cinquième fois, que ma première journée d'école s'était bien déroulée. Au moment du dessert, grand-papa, qui trônait au bout de la table, se leva et annonça solennellement en me regardant :

— S'il y a quelqu'un dont je suis particulièrement fier ce soir, c'est de mon petit-fils. Monsieur le curé Berville m'a téléphoné cet après-midi pour m'annoncer que Jérôme avait accepté de devenir enfant de chœur.

Je me renfonçais dans ma chaise alors que Camille, Claudine et maman me fixaient d'un air abasourdi, avec des yeux ronds. Si j'avais pu disparaître sous le plancher, je l'aurais fait.

— Je suis tellement content de toi, mon Jérôme, continua grand-papa d'une voix un peu tremblante, que je t'ai acheté un petit quelque chose pour accrocher à ta bicyclette. En passant, j'aimerais bien que tu recommences à la ranger dans le hangar. Je dois la serrer moi-même, mon garçon. Vite, va voir ce que j'y ai installé…

Je feignis un sourire reconnaissant, me levai de table et sortis par la porte de derrière. J'étais coincé comme un rat: il faudrait bien que j'y retourne, moi, dans ce fichu hangar-aux-lumières-qui-s'allumaient-toutes-seules!

Je tournai la poignée et ouvris la porte d'un solide coup de pied. Je fixai l'ouverture sombre pendant de longues minutes, incapable de bouger et de m'aventurer plus avant. C'est alors que se déroula sous mes yeux une scène incroyable: mon vélo roula tout seul jusqu'à moi et, doucement, vint s'appuyer sur le mur du hangar.

Mon grand-père arriva sur l'entrefaite.

— Alors, Jérôme, ce panier, il te plaît? Voyons, tu es bien pâle, mon garçon, qu'est-ce qui t'arrive? Tu es malade?

Mais attends, Arnaud,
le plus bizarre est encore à venir...

Dimanche 22 septembre, 8 h 00

Maman passa derrière moi et me caressa tendrement les cheveux.

— Tu es cerné jusqu'au menton, mon Jérôme. C'est l'école qui te fatigue comme ça ? Tu aurais pu en profiter, ce matin, pour dormir un peu…

J'avalai d'un trait mon jus d'orange et le restant de ma rôtie au beurre d'arachide avant de répondre :

— Mes amis viennent me chercher pour jouer.

— Profites-en bien, alors. C'est un des derniers beaux dimanches d'automne. On se croirait encore au mois d'août. Mais ne te salis pas.

— Dis, maman, fis-je, soudain hésitant. Tu n'as rien entendu, la nuit passée ?

— Non, pourquoi? Tu as entendu quelque chose, toi?

Elle s'était assise à la table, face à moi, et soutenait mon regard.

— Oui… non… je ne sais pas, hésitai-je. J'ai cru entendre un enfant qui riait dans la cour. J'ai dû rêver.

Elle haussa les épaules.

— Tu manges trop, aussi, avant de te coucher, dit-elle. Tous ces biscuits à la mélasse, hier… Fais attention, ça fait faire des cauchemars. Pendant que j'y pense, le bedeau a téléphoné ; il veut que tu arrives à l'église pour dix heures car il a des choses à t'expliquer. Alors, ne joue pas trop longtemps.

J'ai alors allongé le cou et évalué à environ trois cent cinquante mètres la largeur du fleuve que je devrais traverser. Comme il faisait beau, l'eau ne serait pas trop glacée. Le dimanche, c'était au moins une belle journée pour mourir… je monterais directement chez le Bon Dieu.

9 h 45

Dan et Alain vinrent me reconduire jusqu'à la porte de la sacristie. Je crois que je leur faisais pitié. Ils iraient, eux, à la messe des paresseux (celle de midi et quart) avec leurs parents.

— Fais attention, m'avertit Dan. Le curé, c'est un fou, lui aussi.

— Pourquoi? demandai-je, intrigué.

— Il sacre comme un bûcheron.

Je ne le croyais pas. Il m'était impossible d'admettre qu'un curé puisse blasphémer.

Le bedeau vint m'ouvrir.

Un bedeau, mon petit Arnaud,
c'est l'homme à tout faire du curé.
Lui, c'était un vieux monsieur courbé et très gentil, avec des cheveux tout blancs, drus comme s'il avait eu une brosse sur le crâne.

Il m'a souri avec bonté et je l'ai suivi jusqu'à la sacristie, qui se trouvait derrière la nef de l'église. Un petit chien blanc, aux poils semblables à ceux de son maître, le suivait partout, invariablement.

— Gaston Laflamme n'est pas avec toi? s'inquiéta-t-il avec sa drôle de voix rauque. Monsieur le curé ne sera pas content s'il arrive en retard.

Nous avons attendu son arrivée en discutant de base-ball. Il connaissait tous les joueurs et le pointage de chaque équipe. Quelle mémoire phénoménale! Le bedeau chiquait du tabac, un peu comme on mâche de la gomme aujourd'hui, mais, au lieu d'avaler sa chique, il la recrachait dans un seau de fer à moitié rongé par la rouille. C'était d-é-g-o-û-t-a-n-t.

Finalement, Gaston arriva en se traînant les pieds et le bedeau nous remit à chacun une aube blanche. J'enfilai la longue robe par-dessus mes vêtements et me couvris la tête de son capuchon.

— La belle p'tite fille! se moqua Chi-en-litte en marivaudant.

— Pas de farces plates ici, l'avertit le bedeau d'un ton sévère. Je te connais, Gaston Laflamme. S'il arrive quelque chose, j'avertis ton oncle.

Je crus vaguement comprendre que Gaston n'avait plus ses parents.

Alors que le bedeau nous montrait ce que nous aurions à faire pendant la célébration, quelqu'un entra brusquement dans la nef. Je tressaillis en croyant reconnaître l'énorme curé Labelle qui, chaque mardi soir, m'apparaissait en noir et blanc à la télévision dans l'émission *Les belles histoires des pays d'en haut.*

— Monsieur le curé! salua le bedeau. Voici nos deux nouveaux enfants de chœur, Jérôme Lachapelle et Gaston Laflamme.

— **Bonjour, bonjour,** répondit-il d'une voix tonitruante et brusque, visiblement agacé par les enfants, en enfilant ses vêtements sacerdotaux.

Le curé Berville était le parfait sosie du curé Labelle. Comme lui, il mesurait au moins un mètre quatre-vingts, pesait cent trente kilos et portait une soutane noire à petits boutons ronds dont dépassaient deux énormes bottines noires. Avec sa bedaine, énorme, il n'avait rien à envier au père Noël.

Soudain, il se dirigea droit sur le bedeau et lui enfonça un gros index dans le thorax :

— **Comment?** le sermonna-t-il d'une énorme voix qui me donna le frisson, je te prends encore à chiquer? Combien de fois t'ai-je répété que c'était interdit ici, bougre de bon à rien? Et ce maudit chien qui profane encore mon église, fais-le sortir d'ici au plus sacrant!

Je restai interdit. Le pauvre vieux bedeau n'osa ni protester ni se défendre. Il baissa la tête et sortit, penaud, son chien sur les talons.

11 h 00

La messe débuta. Il fallut emprunter la grande allée pour pénétrer dans l'église bondée, Gaston portant la lourde croix de fer, moi suivant avec l'encensoir aux effluves odorants qui me faisaient lever le cœur et brûler les yeux, et le curé fermant le cortège. J'eus tout juste le temps d'apercevoir du coin de l'œil le banc où étaient assis grand-papa, grand-maman, maman, Camille et Claudine.

Affairés entre les burettes et les cloches, Gaston et moi étions, au début, fort occupés. L'homélie du curé, cependant, calma notre ardeur en même temps qu'elle figea l'assistance dans une terreur morbide.

— **Bande de pharisiens et d'hypocrites !** hurla le curé Berville dans le microphone en brandissant et en promenant un index menaçant vers ses paroissiens. Je vous ai vus, dimanche dernier ! Vous n'étiez pas sitôt sortis de cette église que déjà vous colportiez à qui mieux mieux des histoires sur votre prochain ! Vous médisiez sur une famille qui ose venir s'installer dans votre village ! Langues de vipère, je vous vomirai de ma bouche !

Il asséna un grand coup sur le lutrin qui portait le micro, et un bruit retentissant envahit l'église et nous fit tous sursauter d'épouvante.

– **Christ, Christ !** continua-t-il. Pardonne-leur car ils ne savent ce qu'ils font ! Vous irez en enfer, tous autant que vous êtes !

Le curé Berville s'écroula dans son fauteuil, comme effondré d'impuissance, et la chorale, constituée de vieilles voix chevrotantes, commença alors ses hymnes.

Subitement, sans crier gare, ce grand flanc-mou de Chi-en-litte décida de s'en prendre à moi. Ce fut d'abord une jambette qui, bien placée, m'envoya m'étaler de tout mon long, dans un bruit sourd, devant le vaste auditoire. Je me relevai, cramoisi de gêne et furieux, tandis que fusaient de-ci de-là les ricanements des spectateurs. Je me réfugiai dans la petite nef, derrière l'autel, pour échapper aux regards, mais Gaston m'y poursuivit. Il me poussa et je répliquai. Nous en étions presque venus aux poings quand surgit derrière nous le curé Berville. Par où était-il donc arrivé, celui-là? Je ne le sus jamais. Les chants avaient cessé et l'église tout entière était plongée dans un affreux silence. Le curé nous empoigna chacun par une oreille, et, nous tenant ainsi, nous fit contourner l'autel, descendre l'escalier central et remonter toute l'allée principale jusqu'aux deux grandes portes ouvertes. Là, il nous lâcha l'oreille, et nous flanqua à tous les deux un grand coup de pied au derrière qui nous envoya subito presto valser vers la sortie.

– Allez faire de l'esbroufe ailleurs!
l'entendis-je crier.

15 h 00

À la maison, on ne me sermonna pas. Cependant, mon panier neuf avait disparu des poignées de ma bicyclette. Je ne me présentai à la table ni pour le dîner ni pour le souper. Je restai allongé sur mon lit à pleurer de honte, l'oreille endolorie et l'orgueil blessé. J'en oubliai jusqu'à l'ultimatum de Chi-en-litte et la traversée du fleuve. Au milieu de l'après-midi, j'entendis des éclats de voix : c'était maman et grand-papa qui se disputaient.

19 h 00

On frappa à la porte de ma chambre. Grand-maman entra avec un plateau chargé. Elle le déposa sur la commode, vint s'asseoir près de moi sur le lit et me caressa les cheveux. Une odeur délicieuse envahit la chambre et fit crier famine à mon estomac.

— Jérôme, mon amour, tu dois manger. Je t'ai apporté une belle tranche de rôti avec des patates brunes et un gros morceau de gâteau au chocolat. Tu sais, monsieur le curé a téléphoné tantôt: Gaston a tout avoué à son oncle. Tout ce qui s'est passé à l'église est de sa faute; tu n'as rien fait de mal. Monsieur le curé rétablira les faits dans son sermon de dimanche prochain.

Soulagé, je m'assis sur le lit, autorisant implicitement grand-maman à déposer le plateau sur mes genoux. Je me mis à dévorer mon repas.

— Le curé veut que tu passes au presbytère demain, après l'école, continua Aglaé.

— **Ça, jamais!** répliquai-je aussitôt entre deux bouchées.

— Je crois qu'il veut s'excuser, fit-elle en riant. Tu iras avec ta mère, s'il te fait peur.

— Maman s'est disputée avec grand-papa? demandai-je.

— Évidemment, mon mari est tellement orgueilleux! Mais ta maman prend toujours ta défense. Tout comme moi.

Elle m'embrassa et s'apprêta à sortir. Au moment de fermer la porte, elle me demanda :

— Pourrais-tu s'il te plaît transporter les poubelles au bord du chemin quand tu auras fini de manger? Les vidangeurs passent demain. Ça rendrait un gros service à ton grand-père.

J'acquiesçai.

20 h 30

Il faisait déjà noir quand je sortis seul et me rendis près du hangar, où les trois poubelles étaient remisées.

Dans ce temps-là, les poubelles n'étaient pas munies de roulettes. Pas chez nous, en tout cas. Et elles étaient lourdes car on ne recyclait pas les ordures non plus.

J'agrippai la première poubelle en jetant un regard craintif vers la porte du hangar.

— Au moins, tu pourrais me rendre service au lieu d'essayer de me faire peur ! lançai-je vers la porte, comme soudain saisi d'une intuition saugrenue.

La poubelle s'arracha littéralement de mes mains, puis, flottant dans les airs, se rendit toute seule au bord de la route sous mes yeux ébahis, comme si quelqu'un d'invisible l'y avait transportée. Les deux autres poubelles suivirent le même chemin, de la même façon.

Je regardai à droite et à gauche, vérifiant si j'étais bien seul à avoir vu ce que j'avais vu. Une sensation de froid intense m'envahit, les poils de mes bras se hérissant d'horreur. Partagé entre la peur viscérale de l'inconnu et le burlesque de la scène qui venait de se jouer devant moi, j'éclatai de rire.

– **Eh bien, merci!** m'exclamai-je, soulageant du même coup mon âme de toute sensation atroce. En passant, les vidangeurs passent le lundi et le jeudi!

Et je rentrai à la maison en sifflotant.

La même nuit, je me réveillai brusquement. Le réveille-matin indiquait deux heures vingt.

Je tendis l'oreille, à l'affût du bruit qui aurait pu me sortir du sommeil. Rien. Maman, près de moi, gémit doucement et se retourna vers le mur.

Je me levai, totalement réveillé, et me rendis à la fenêtre où, tapi derrière le rideau, j'observai le hangar.

Soudain, mon petit Arnaud,
j'entendis une voix, aussi bien que je peux
entendre la tienne maintenant :
c'était celle d'un enfant, d'un garçon je crois,
qui riait à en perdre le souffle.
Une cascade de fous rires.

Je me forçai les yeux, en vain ; je ne voyais même pas un chat dans cette cour obscure.

Je chaussai mes pantoufles et, sans réveiller maman, sortis de la chambre, descendis à la cuisine et quittai la maison par la porte qui donnait sur la cour. Je m'approchai sans bruit et sans peur du hangar et m'immobilisai.

Les rires du garçon n'avaient pas cessé. Au contraire, ils s'étaient amplifiés, laissant fuser des cris dans lesquels la peur semblait quelquefois se mêler à la joie. Je pouvais maintenant entendre un léger grincement, au rythme régulier, comme si on avait lancé une balançoire à toute allure. J'appelai doucement :

— M'entends-tu, petit gars ?

Il était indéniable qu'il ne m'entendait pas et, qui plus est, qu'il ne me voyait pas. Tout à coup, il poussa un terrible hurlement qui me donna la chair de poule. Presque en même temps, je pus percevoir le bruit sourd de quelque chose qui tombe par terre. La chute du corps de quelqu'un, celui du garçon peut-être…

Brusquement, tout bruit cessa et la cour fut plongée à nouveau dans le silence nocturne, parfois troublé par le jappement d'un chien ou le cri d'un oiseau qui rêve.

Je ramassai par terre une feuille d'érable, que je rangeai dans la poche de mon pyjama, et je retournai me coucher.

En m'habillant le lendemain matin, je retrouvai la feuille dans ma poche. Je sus dès lors que je n'avais pas rêvé tout cela.

Mais pourquoi n'as-tu pas alors raconté à quelqu'un ce que tu avais vu? me demanderas-tu.
Ce n'est pas faute d'avoir essayé, mon petit...

Lundi 23 septembre, 7 h 50

Au déjeuner, j'attendis que grand-papa soit sorti de table pour annoncer officiellement à mes sœurs et à ma mère :

— Je crois que j'ai entendu un **fantôme** dans la cour, la nuit passée.

Tout le monde se mit à rire.

— Tu ne trouves pas que tu es trop grand pour croire à ces sornettes, Jérôme ? se moqua maman.

— Mais maman, je… tentai-je.

— **Ça suffit comme ça, Jérôme,** répliqua-t-elle vivement. Allons, dépêchez-vous, les enfants, vous allez être en retard.

La discussion finit en queue de poisson et je ne pus y ajouter un mot de plus. Je ruminais ma frustration, furieux contre maman. Les larmes me vinrent aux yeux. Papa m'aurait écouté, lui; il aurait essayé de comprendre. Grand-maman, qui était encore au lit, était la seule qui pouvait peut-être encore me prêter une oreille attentive.

Mercredi 25 septembre, 9 h 00

Chi-en-litte manqua l'école toute la semaine. Personne ne savait ce qu'il était advenu de lui. La classe de mademoiselle Cadorette, cependant, survécut à cette absence dans un calme plutôt relatif, si l'on fait abstraction de l'épidémie de poux qui s'abattit sur l'école dès le mercredi et qui allait décimer le tiers des plus jolies têtes du groupe.

Une infirmière de l'Unité sanitaire de Champvert fut spécialement chargée de scruter nos crânes à la loupe et au peigne fin. Elle sélectionna finalement dix élèves, pour la plupart des filles, qu'elle aligna en avant de la classe afin de leur remettre, comme mention de déshonneur, une lettre que la directrice avait adressée à leurs parents. Marie-Hélène était du nombre, **MOI PAS.**

— Il n'est pas question de revenir à l'école tant que votre problème n'aura pas été réglé, dit l'infirmière. Et il serait préférable de vous faire couper les cheveux très courts pour éviter la contagion. Des cheveux pas attachés, je n'en veux plus ! s'exclama-t-elle en faisant virevolter d'un revers de main les belles boucles de Marie-Hélène. Il va falloir couper ça !

En avant de la classe, quelques pouilleuses commencèrent à pleurer, tête baissée. Marie-Hélène garda la sienne bien haute, mais se mit à cligner des yeux.

– **Poux, genoux, hiboux,** psalmodia Dan d'une voix moqueuse, récitant la leçon de grammaire des pluriels en «oux» qu'on avait révisée il y avait à peine quelques jours.

– **Daniel, on se tait!** lui cria mademoiselle Cadorette en faisant claquer sa règle sur son large bureau de bois blond.

La règle se brisa et toute la classe s'esclaffa, même les braillardes d'en avant.

15 h 45

Je n'avais pas de poux, mais maman, ne voulant prendre aucun risque, m'envoya tout de même chez le barbier, monsieur Mailhot, et ce, tout de suite après l'école. On faisait la file devant son commerce; comme il a dû faire fortune cette journée-là! Le malheur des uns fait le bonheur des autres, paraît-il.

Un demi-mur fait de lambris de bois et mesurant à peine un mètre de hauteur divisait le commerce en deux sections bien distinctes : d'un côté, devant la fenêtre sans rideaux, était disposée la chaise de barbier, autour de laquelle s'affairait monsieur Mailhot ; de l'autre étaient installées quatre tables à banquettes où madame Mailhot, ses papillotes de papier sur la tête, servait des « repas légers » à la clientèle du terminus d'autobus. Je pensai aussitôt que la commère avertirait sans délai sa comparse, la Poulette, de ma visite chez le barbier.

Alors que j'attendais mon tour, je vis Dan, attablé dans l'autre section, qui tenait compagnie à un garçon d'au moins cinq ans son aîné. J'allai les rejoindre et m'assis à mon tour.

– Salut, Jérôme ! s'exclama-t-il. Je te présente mon frère Yves. Son surnom, c'est Matawin.

La Matawin, c'est une rivière qui passe à quatre-vingts kilomètres au nord de Champvert. Aussi présumai-je que des Indiens s'étaient installés sur les berges, car Yves ressemblait davantage à un Indien qu'il ressemblait à son frère. Ses cheveux étaient même si noirs qu'ils dégageaient des reflets bleutés. Il avait les yeux bridés et portait aux pieds, été comme hiver, des mocassins de peau de caribou.

Nous nous sommes salués.

— Tu passes au rase-bol? fit-il en riant. Il coupe court, le bonhomme Mailhot, tu vas voir.

Madame Mailhot déposa sur la table devant nous deux verres de boisson gazeuse.

— Tu prends une liqueur, toi aussi? me demanda-t-elle.

— Non merci, répondis-je.

— Ici, il faut acheter pour s'asseoir, me lança-t-elle sèchement avant de s'éloigner.

— Laisse-la faire, me conseilla Matawin. Elle n'osera pas te mettre dehors, il y a trop de monde. Vas-y, c'est à toi, Dan.

Daniel fit la grimace et alla s'asseoir à son tour sur la chaise de torture.

— Comment tu trouves ça, Champvert ? me demanda Matawin.

— Si je comprends bien, tout le monde est fou, ici. Même le curé.

— T'as tout compris. Quand on met les pieds ici, on devient fêlé ! Tu vois ces gens, là-bas, qui descendent de l'autobus ?

Je m'allongeai le cou pour regarder à travers la fenêtre, de l'autre côté du muret, et j'aperçus l'autocar et les quelques passagers qui en descendaient.

— Eh bien, continua Matawin, ce sont des fous. Regarde celui qui a un œil crevé. C'est le cyclope, le fossoyeur du cimetière, et il vit dans une maison remplie de labyrinthes. Les gens qui vont chez lui se perdent et ne reviennent jamais…

Je me tus, ne le croyant qu'à moitié. Mais il continua, sûr de lui :

— Tu vois la femme avec une robe bleue ? C'est la cocotte de Champvert ; elle travaille au Coquerelle-Bar. C'est la mère de Chi-en-litte. Mais je ne te dirai pas ce qu'elle fait, t'es trop jeune pour comprendre.

J'examinai la femme fanée, trop fardée, qui s'exhibait dans une robe si courte qu'elle dut s'y prendre à trois fois pour arriver à descendre de l'autobus sans révéler ses dessous. Je tentai d'imaginer ma mère accoutrée de cette façon, mais n'y parvins pas. Je plaignais Chi-en-litte...

Dan arriva sur ces entrefaites et il nous entendit rire à la vue de ses cheveux rasés.

— C'est ton tour, maugréa-t-il en me pointant du menton.

— Et ton frère? rétorquai-je.

— Il n'y a pas de poux à son école; il est exempté de barbier.

— Pas trop court s'il vous plaît, osai-je demander à monsieur Mailhot avant de m'asseoir.

Je dus l'insulter car le barbier me coupa les cheveux plus ras encore qu'il ne l'avait fait pour mon ami. Dan et son frère m'attendaient dehors pour pouvoir rire de ma tête. Après nous être attardés quelques minutes dans les marches, il fut convenu de nous donner rendez-vous chez moi, au kiosque, le soir venu.

17 h 00

Lorsque je rentrai, maman me regarda d'un air déçu. Je montai à ma chambre sous prétexte d'y ranger mon sac d'école et me couchai sur le plancher, ventre à terre, afin de jeter un coup d'œil par le grillage d'aération.

— La prochaine fois, dit maman à ma grand-mère en épluchant les pommes de terre, je lui couperai moi-même les cheveux !

— Pauvre Jérôme, fit grand-maman en décorant son gâteau, il doit s'adapter à tant de choses depuis la mort de Jean.

— Vous ne croyez pas si bien dire, belle-maman. Imaginez-vous qu'il m'a parlé de fantômes au déjeuner. Je crois que Jérôme est un peu perturbé par les temps qui courent.

— Il m'a questionnée au sujet des fantômes il y a quelques jours, moi aussi. Mais, ma fille, quel garçon ne serait pas perturbé par la mort de son père ? Tout cela finira bien par se replacer, conclut grand-maman d'un air pensif.

Je me jurai de ne plus jamais aborder la question des revenants avec les adultes ; ils étaient bien trop bornés. Ils ne me croiraient que lorsque j'exposerais les preuves irréfutables de leur existence, et cela ne tarderait pas.

18 h 30

Après le souper, je bâclai mes devoirs afin de rejoindre au plus vite les copains avec qui j'avais rendez-vous au kiosque. Alain arriva le pre-mier, suivi de Dan et de Matawin.

— Wow! c'est vraiment super, ce kiosque!
s'exclamèrent-ils à l'unisson.

Contrairement au hangar, le kiosque était alimenté en électricité, ce qui nous permit d'ouvrir la lumière et d'explorer les moindres recoins.

— C'est quoi, cette trappe, ça va à la cave? demanda Matawin qui, pour tenter de l'ouvrir, tirait de toutes ses forces sur le gros anneau de fer.

— Aucune idée, répondis-je. Grand-papa m'a dit que la cave du kiosque était déjà con-damnée lorsqu'il a acheté la maison. Je suppose que ça devait servir à remiser les accessoires de bateau.

Nous tentâmes d'ouvrir la trappe, mais sans succès. De guerre lasse, nous nous assîmes à l'étage du haut et observâmes la pleine lune qui se reflétait sur les eaux du fleuve, brouillées de temps à autre par le passage d'un cargo illuminé.

Notre répertoire de blagues était passablement épuisé lorsqu'on entendit un grand bruit à l'étage du bas, un peu comme si quelque chose de très lourd était tombé. Tout le monde se précipita, moi inclus, persuadé de retrouver l'endroit dans un fourbi indescriptible, mais rien, absolument rien n'avait bougé. Nos yeux, d'une même rotation, se tournèrent alors vers la trappe.

Matawin, le plus grand, mais aussi le plus courageux d'entre nous, attrapa l'anneau de fer et, d'une seule main, souleva sans effort la planche à abattant, dévoilant ainsi l'ouverture cachée dans le plancher. Il y jeta un bref coup d'œil.

— Il fait noir comme chez le loup là-dedans, plaida-t-il. Il faudra revenir en plein jour, les gars.

Il fit retomber la trappe après notre approbation unanime.

— Il fait froid ici, il y a plein de courants d'air, fit Alain après avoir éternué trois fois d'affilée. Moi, je rentre chez moi.

Personne ne demanda son reste et tous sortirent du kiosque avec empressement. Je crois que nous avons tous pensé la même chose à ce moment-là, mais que personne n'a osé parler.

Jeudi 26 septembre, 2 h 15

La nuit suivante, les rires hilares du garçon me tirèrent une fois de plus de mon sommeil. Cette fois-ci, cependant, j'en fus fort heureux et j'en profitai pour faire mes preuves, comme on dit. Je réussis à réveiller ma mère qui, à mes côtés, dormait à poings fermés. Elle alluma aussitôt la lampe qui était posée sur sa table de chevet.

— Jérôme, qu'est-ce que tu as ? Il est deux heures et quart du matin… demanda-t-elle d'une voix ensommeillée.

— Écoute, maman. Tu n'entends rien ?

Elle tendit l'oreille. Les rires de l'enfant jaillirent de nouveau, plus forts que jamais, à travers le silence pesant de la nuit.

— Oui, il me semble bien que oui, annonça maman.

Elle se leva et scruta murs et plafond, cherchant à travers la pièce d'où pouvait venir le bruit. Soudain, d'une main, elle frappa violemment le mur.

— Voilà, dit-elle, satisfaite, en me montrant le moustique écrasé sur sa paume. Tu peux dormir maintenant.

Dès cet instant, je compris que j'étais seul à entendre le rire du spectre.

J'eus alors très peur d'être devenu fou, mon petit Arnaud.
Fou comme les gens de Champvert.

7 h 30

— Jérôme, c'est la dernière fois que je te le dis, lève-toi sinon ça va aller très mal ! cria maman de la salle de bain.

Je ne bougeai pas. J'aurais préféré être mort plutôt que fou. Elle surgit soudainement dans la chambre, furieuse. J'eus tout juste le temps de camoufler la photo de papa sous mon oreiller.

— Mais qu'est-ce que tu as, ce matin ? me demanda-t-elle, exaspérée. Tu n'as jamais fait ça, avant !

— Je suis malade, dis-je d'une voix éteinte.

— J'ai pris ta température et tu n'es pas malade, répliqua-t-elle. Je te donne cinq minutes pour t'habiller et faire ta toilette. Tout ça à cause de tes cheveux, espèce d'orgueilleux ! Tes sœurs viennent tout juste de partir pour l'école. Nous

reparlerons de tout ça ce soir, mon garçon…
avec ton grand-père!

– Une journée mal partie, c'est une journée fichue, me répétai-je en me traînant sur le chemin
de l'école. Rien ne va plus, faites vos jeux.

Le camion du laitier s'arrêta près de moi, en
bordure du trottoir.

– **Embarque, mon garçon**, me cria monsieur
Doyon, je te dépose à l'école en passant!

Je rentrai dans la classe alors que mademoiselle Cadorette venait de commencer sa leçon.
Trente têtes se tournèrent aussitôt vers moi
dans un murmure général duquel émergea la
voix flûtée de Marie-Hélène:

– **Les oreilles! Mailhot lui a fait un de ces
rase-bol!**

Je la détestai soudain de toutes mes forces.

— Silence ! ordonna mademoiselle Cadorette en frappant son bureau d'une règle toute neuve. Voyons, Marie-Hélène, vas-tu bien cesser de te moquer ?

Marie-Hélène devint rouge comme une tomate et me fusilla du regard comme si j'étais responsable de l'apostrophe de l'enseignante. Mademoiselle Cadorette venait pour la première fois de rabrouer son **chouchou** devant toute la classe.

J'allai m'asseoir et tournai la tête une fois de plus vers l'effrontée. C'est qu'elle n'avait pas coupé un seul de ses cheveux, **CETTE POUIL-LEUSE** ! Qui plus est, elle les laissait librement flotter sur ses épaules…

— Nous allons corriger ensemble les devoirs d'hier, décréta l'enseignante. Ouvrez vos livres d'arithmétique à la page trente-deux. Jérôme, dis-moi la première réponse.

— Soixante-quatre.

— Pas du tout. Marie-Hélène ?

— Soixante-neuf.

— Bien. Jérôme, la solution du problème numéro deux, maintenant.

— Cent vingt et un, murmurai-je.

— **PAS DU TOUT !** aboya mademoiselle Cadorette. Veux-tu bien me dire comment tu as travaillé hier ? Et ta réponse au numéro trois ?

— Heu… trente-trois, éludai-je.

Les élèves ricanèrent. Chi-en-litte étant toujours absent, j'étais devenu, me semblait-il, le nouveau souffre-douleur de la classe. L'institutrice s'approcha de mon pupitre.

— Donne-moi ta main, ordonna-t-elle d'un ton cassant.

Je la lui tendis et un coup cinglant de règle me brûla les doigts.

Dans ce temps-là, Arnaud, les professeurs étaient très sévères. Et mon devoir avait été bâclé, je le savais. Le ridicule ne tue peut-être pas, mais il fait mal. Bien plus qu'un coup de règle sur les doigts, en tout cas...

Marie-Hélène pouvait jubiler. Je me sentis soudain tellement désespéré et mal aimé que je ravalai mes larmes. J'étais devenu fou et incompris.

Je passai la récréation en classe à travailler mes problèmes d'arithmétique, et je m'en trouvai étrangement soulagé : je n'aurais à affronter ni les moqueries de mes compagnons ni les persécutions de Marie-Hélène et de son groupe d'amies.

15 h 30

À la sortie de l'école, Dan et Alain tentèrent de me repêcher :

— Mademoiselle Cadorette m'a demandé de lui rendre un service, expliqua Dan. Comme Chi-en-litte est absent depuis le début de la semaine, je dois aller lui porter ses manuels et ses cahiers de devoirs chez lui. Tu viens avec nous ?

J'acceptai, heureux de retarder mon retour à la maison où j'aurais encore à affronter grand-papa. Comme nous étions à pied, il fallut emprunter la Grand'Rue, sur laquelle l'école était située. Chemin faisant, Dan s'arrêta chez lui, première station, pour y laisser son sac d'école. Nous en avons profité d'ailleurs pour nous approvisionner en biscuits tout chauds sortis du four. Puis, la deuxième station, ce fut chez Alain, pour y refaire strictement les mêmes choses, avec un morceau de tarte, cette fois.

— Chi-en-litte habite chez son oncle Pepsi, dit Dan. C'est la dernière maison au fond de la P'tite Rue.

— La P'tite Rue? gémit Alain. Il faut passer devant la maison des filles Larose, alors?

— On est trois, le rassura Dan. Elles n'oseront jamais…

Elles osèrent. Installées sur leur galerie, Marie-Hélène et ses sœurs nous virent venir de loin. Et c'est sous une pluie de roches et d'insultes qu'il fallut passer en courant devant leur maison. Elles ne permettaient à personne d'emprunter leur rue, comme si elle leur appartenait!

C'est heureusement sains et saufs, mais à bout de souffle, que nous sommes arrivés tous trois chez Pepsi, l'oncle de Gaston Laflamme. Il habitait dans un véritable taudis, entouré d'amoncellements d'immondices, de ferrailles et de bouteilles cassées. Les volets arrachés pendaient aux fenêtres et la porte d'entrée n'avait même plus de perron.

Ne trouvant pas la sonnette d'entrée, Dan frappa à la porte. Après un laps de temps qui nous parut interminable, et qui nous fit d'ailleurs penser à rebrousser chemin, un homme d'une soixantaine d'années daigna enfin ouvrir. On aurait dit Goofy, le personnage de Walt Disney, avec ses grands yeux tristes et tombants, si ce n'eût été des grosses poches qu'il avait sous les orbites et du pus qui en sortait.

— Qu'est-ce que vous voulez, vous autres ? nous demanda-t-il d'une voix pâteuse d'alcoolique.

— Nous voulons voir Chi-en… heu… Gaston, pour lui remettre ses devoirs de la semaine, répondit Dan, mal à l'aise de s'être ainsi embourbé.

— Gaston ! appela Pepsi en continuant de nous dévisager. T'as des amis qui veulent te voir !

L'homme au fond de culotte pendant fouilla une grande poche de son pantalon et en sortit une bouteille de boisson gazeuse, du cola, qu'il but d'un trait. Un rot d-é-g-o-û-t-a-n-t retentit presque aussitôt et je compris enfin d'où lui venait son stupide surnom.

Chi-en-litte apparut bientôt dans l'entrebâillement de la porte et, à notre vue, à la mienne surtout, se renfrogna. Nous ne pouvions que remarquer son œil au beurre noir et le côté droit de son visage tuméfié.

— Salut! fit-il.

— Salut! répondit Dan. T'es blessé, à ce que je vois? C'est pour ça que t'es pas venu à l'école?

— **C'est pas de tes affaires, le jeune!** répliqua durement Pepsi à la place de son neveu. **Allez, crache le morceau! On n'a pas que ça à faire, nous!**

Chi-en-litte se tut et se tassa peureusement dans un coin, loin de son oncle: c'est là que Dan lui remit ses livres et ses cahiers, «de la part de mademoiselle Cadorette».

Il fut nécessaire d'effectuer un grand détour pour ne pas avoir à repasser devant la maison des Larose. Nous marchions en silence, empreints de l'horreur de ce que nous venions de voir et d'entendre. Il ne fallait pas nous faire un dessin pour comprendre que Gaston s'était fait battre par son oncle à cause des événements de dimanche dernier.

— Pepsi n'a pas digéré son comportement à l'église, extrapolai-je.

— Il a pourtant le rot facile! compléta Dan, pince-sans-rire.

La blague, trop subtile pour nous, demeura incomprise.

— Moi, à la place de Gaston, je m'enfuirais, dit finalement Alain avant d'éternuer.

D'un commun accord, sans même nous concerter, il fut décidé d'abandonner l'usage du surnom si vulgaire de Chi-en-litte. Je crois que Gaston nous faisait maintenant trop pitié.

— Il pourrait partir n'importe où, admit Dan, il n'a plus de famille.

— Comment, plus de famille? protestai-je. Il a encore sa mère!

— T'appelles ça une mère, toi, une espèce de danseuse qui fait des spectacles à Montréal? répondit Dan.

— Pourquoi elle est venue ici par autobus si ce n'était pas pour s'occuper de son fils? demandai-je.

— Elle vient danser au Coquerelle-Bar cette semaine, assura Alain. Monsieur Poulette l'a dit à mon père.

— Si elle savait que son fils est malheureux comme les pierres, peut-être ferait-elle quelque chose pour l'aider, dis-je d'un air pensif.

— Tête heureuse ! m'apostropha Dan en riant. T'as tout de même pas envie de le lui dire ?

— Ben, peut-être que oui...

Je n'avais pas terminé ma phrase qu'un grand jet d'eau nous aspergea de la tête aux pieds. Il nous fallut vite déguerpir, non sans avoir auparavant identifié la coupable de cette mauvaise blague.

— La folle à Poitiers, je l'avais oubliée, celle-là, pesta Daniel en s'essuyant le visage du revers de la main.

— **Une autre folle ?** m'exclamai-je.

— Une vraie de vraie. Elle tient son boyau d'arrosage en l'air toute la journée, et **vlan!** elle asperge tous ceux qui passent devant chez elle.

— **COUDON,** c'est une manie, ici! Il y en a encore beaucoup d'autres comme celle-là?

— Plein d'autres. Un village de fous, je te l'ai dit...

Faute de pleurer, nous avons éclaté de rire.

17 h 00

Après avoir laissé Alain chez lui, Daniel et moi nous arrêtâmes devant la maison de grand-papa. J'aperçus le rideau du salon qui bougeait et pus voir mes sœurs qui guettaient mon arrivée.

— Je vais passer un mauvais quart d'heure, affirmai-je avant de rentrer.

Maman se précipita vers moi et, à mon grand étonnement, me serra dans ses bras. Se pressèrent à sa suite, à la queue leu leu, mes grands-parents et mes sœurs.

— Jérôme! s'exclama mon grand-père, où donc étais-tu passé? Nous étions fous d'inquiétude, mon garçon.

— Oui, on se faisait du sang de cochon! renchérit Camille, fière de sa nouvelle expression qu'elle utilisait pour la première fois.

— Mais dans quel état es-tu? demanda maman en m'examinant. Tu es tout trempé. Viens plutôt te changer, tu nous raconteras ce qui t'est arrivé après.

Attablé devant mon auditoire et un bol de bouillon de poulet fumant, j'expliquai enfin où j'étais allé.

— La prochaine fois, tu m'avertiras, me gronda gentiment maman. Je ne peux pas te chicaner, puisque tu as fait ça pour rendre service.

Grand-papa convint, à ma grande surprise, que certains habitants de la P'tite Rue semblaient « avoir perdu la carte ».

Qu'était-il advenu des menaces de punition que maman m'avait proférées le matin même? Pourquoi me traitaient-ils tous avec tant de douceur et de sollicitude? Je compris enfin lorsque grand-maman prit la parole.

— Sœur Éliotte a téléphoné, dit-elle. Il paraît que mademoiselle Cadorette était très mécontente de ton travail. Des élèves sont allés raconter à la directrice qu'elle t'avait frappé avec une règle. C'est vrai?

Je hochai la tête, honteux.

— Mon pauvre Jérôme, me plaignit maman, tout le monde était sur ton dos, aujourd'hui. J'ai moi-même été très dure avec toi, ce matin. Mais j'ai réellement compris ce que tu avais, seulement lorsque j'ai fait ton lit.

Elle exhiba la photographie en noir et blanc que j'avais cachée sous mon oreiller: celle de papa.

— Tu me pardonnes, n'est-ce pas, mon trésor? demanda-t-elle en m'embrassant. Ça fait seulement deux mois que ton père est décédé, je ne peux quand même pas exiger que tu redeviennes le petit garçon que tu étais avant. Et tu as l'air tellement, tellement fatigué! Tu ne dors donc plus?

— Je déteste cette chambre! Je me fais toujours réveiller! laissai-je tomber entre deux sanglots réprimés.

— D'accord, mon chéri, décréta maman. Camille dormira avec moi à l'avenir et, toi tu prendras son lit. Tu veux bien?

Je reniflai et acquiesçai, soulagé. Grand-papa se racla la gorge avant d'ajouter:

— Jérôme est un garçon gentil et serviable. Il a sorti les ordures hier soir sans même que je le lui demande. Merci, mon garçon!

Je tressaillis. Ce n'était pourtant pas du genre de grand-papa de se moquer de moi. Et je les avais complètement oubliées, les vidanges, moi, hier soir...

Vendredi 27 septembre, 17 h 15

D'abord, je fus soulagé de ne pas être fou. Les poubelles, vidées jeudi matin par les vidangeurs, ne s'étaient tout de même pas déplacées toutes seules au bord de la Grand'Rue! Je m'étais d'ailleurs assuré la veille qu'elles ne contenaient plus rien.

Un peu à la manière dont j'aurais examiné un frisbee sur chaque angle pour constater que, incontestablement, il n'en possédait qu'un, j'en vins à la conclusion irréfutable que mon fantôme ne me voulait que du bien : il allumait la lumière du hangar pour éviter que je me fasse attaquer par les chauves-souris ; il sortait ma bicyclette ; finalement, il transportait à ma place les déchets sur le bord du chemin.

Le seul problème,
dans le fond, me dis-je
c'est qu'il s'agit d'un revenant.

Je décidai de prendre le taureau par les cornes et de me confronter avec lui afin de savoir ce que ce spectre me voulait exactement. Je me rendis donc au hangar, le vendredi, un peu avant le souper, prétextant vouloir faire de la bicyclette.

— On soupe dans quinze minutes ! me lança maman de la cuisine.

Il faisait encore clair, mais la nuit tombait. Je jetai un coup d'œil pour m'assurer que j'étais bien à l'abri de tout regard et m'adressai doucement à mon fantôme en ouvrant la porte du hangar :

— Eh, p'tit gars ! Il faut que je te parle.

Un bruit se fit entendre et je vis une roue se pointer dans l'entrebâillement de la porte. J'attrapai prestement ma bicyclette, qui roulait toute seule vers moi, et la déposai contre le vieux bâtiment. Un petit vent glacial me souffla aussitôt au visage.

– Merci, fis-je en frissonnant. Merci pour tout ce que tu fais pour moi, mon vieux, même si je ne sais pas pourquoi tu le fais. Alors, si tu as besoin d'aide, je suis là.

Je me sentais un peu stupide d'être planté là, devant la porte, à parler à un courant d'air. Je saisis donc mon vélo et partis me promener un moment. À mon retour, alors que je me rendais au hangar pour y ranger ma bicyclette, je vis un garçon de mon âge sur le terrain du voisin, un garçon qui m'observait en jouant avec un ballon qui me sembla fait de cuir. Il était habillé si bizarrement que je détournai la tête pour ne pas lui éclater de rire au visage et je continuai mon chemin vers la remise sans m'arrêter, feignant l'indifférence.

— Ça n'a pas pris le goût d'tinette! l'entendis-je s'exclamer.

Surpris, je me retournai pour le regarder, mais il avait déjà filé.

— Tant mieux! murmurai-je. Comme ça, je n'aurai pas de témoin qui me verra parler tout seul! Eh, p'tit gars, tu veux ranger ma bicyclette, s'il te plaît?

J'accotai de nouveau le vélo sur la remise et, satisfait, rentrai pour le souper.

17 h 45

Dès le potage, j'évoquai le garçon aux allures bizarres:

— Je ne savais pas que les voisins d'à côté avaient des enfants, fis-je négligemment en entamant ma crème de navet.

— Quels voisins? Les Deslauriers? demanda grand-papa.

— Non, les Côté, répondis-je. Tantôt, j'ai vu un garçon de mon âge sur leur terrain. Il avait l'air étrange.

— Ils n'ont pas d'enfants, pourtant. À quoi ressemblait-il?

Je m'esclaffai, avant de poursuivre:

— Il portait un pantalon brun, bouffant comme celui de Tintin, avec de grands bas noirs qui lui remontaient jusqu'aux genoux. Puis, il avait une ridicule casquette ronde en tissu à carreaux rouge et noir, et une petite cravate noire avec une veste.

— Pour moi, c'est le déguisement qu'il va mettre à l'Halloween ! commenta à son tour Claudine.

— Mes enfants, dit grand-papa, ce n'est pas très charitable de...

Il fut soudainement interrompu par le grand bruit que fit grand-maman en échappant sa cuillère dans son bol. Tous se retournèrent vers elle d'un même mouvement. Aglaé était devenue blanche comme un drap. Elle me toisa d'un regard mêlé à la fois de colère et de chagrin avant de se lever et de sortir de table.

— **Aglaé !** Veux-tu bien me dire ce que tu as ? demanda grand-papa en se levant à son tour, soudain inquiet.

Ma grand-mère n'était pas du genre à être susceptible, au contraire. Tout le monde autour de la table se demandait quelle mouche avait bien pu la piquer.

— Lui, il sait ! s'écria grand-maman en me pointant du doigt, les larmes aux yeux. Il fait exprès pour me faire de la peine.

— Mais non, il ne sait pas ! rétorqua maman, qui me caressait l'épaule pour m'empêcher de pleurer à mon tour.

— Je ne sais pas, grand-maman, affirmai-je en secouant la tête.

— Tu ne sais pas, hein ? Attends pour voir…

Elle se pencha devant le grand buffet, fouilla le tiroir du bas et en sortit bientôt un vieil album poussiéreux, à la couverture noire et ventrue. Grand-papa libéra une partie de la table et elle put l'y déposer, bien à la vue de tous. Grand-maman tourna lentement les pages, sur lesquelles des photographies en noir et blanc, très anciennes, étaient maintenues par de petits triangles de fer qui en retenaient les coins. Elle s'arrêta sur l'une d'elles, qu'elle désigna d'un index victorieux.

— Voici mon frère Jules.

La photographie en noir et blanc, prise de la tête aux pieds, représentait un enfant de mon âge, dont on avait coloré les joues au crayon gras et qui jouait avec un cerceau. Mon cœur se serra dans ma poitrine car je le reconnus aussitôt : c'était le garçon que je venais de croiser il y avait à peine dix minutes !

Qui plus est, le garçon de la photographie était vêtu exactement de la même façon que celui que je venais de décrire à ma famille !

— Alors, qu'as-tu à dire pour ta défense ? me demanda grand-maman d'une voix assaisonnée d'un accent de colère.

— Aglaé, supplia grand-papa. Comment veux-tu que Jérôme ait deviné les couleurs de la casquette, de l'habit et des bas de Jules? Cette photo au zinc est en noir et blanc…

Cela nous sauta tous aux yeux : je ne pouvais avoir deviné les couleurs de ses vêtements.

— D'ailleurs, c'est pas Jules que j'ai vu, me dépêchai-je de mentir. Celui que j'ai vu, il n'avait pas de cerceau.

— Ça, on s'en doutait, fit grand-papa en levant les yeux au plafond.

Grand-maman sourcilla :

— Ah bon, et qu'est-ce qu'il avait alors ? demanda-t-elle en manifestant un intérêt soudain.

— Un ballon en espèce de cuir, répondis-je.

— En cuir brun, peut-être ? renchérit-elle d'une voix pleine d'espoir.

— **A-GLA-É**, articula fortement grand-papa, afin qu'elle réalise l'absurdité manifeste de sa question.

— Non, noir, mentis-je encore.

J'espérais que ça serait suffisant pour clore la discussion et ainsi faire cesser une curiosité que je commençais à trouver dangereuse.

Ma grand-mère se ressaisit, s'excusa en me caressant les cheveux et laissa fuser un long soupir de soulagement.

— Je ne sais pas qui tu as vu, dit-elle, mais je ne veux plus que tu te moques de lui. Il me fait trop penser à mon défunt frère.

— Il disait toujours « boutinette », ton p'tit frère, hein, grand-maman ? demanda Camille, comme pour créer une diversion.

Non, pas boutinette, le goût d'tinette, pensai-je *en prenant conscience que c'était précisément ce que le garçon m'avait dit lorsque je lui avais tourné le dos.*

— Jules disait que ça ne prendrait pas le goût d'tinette, dit Aglaé en souriant. Ça veut dire que ça ne prendrait pas de temps.

— Tinette, c'est qui ? demanda à son tour Claudine.

— C'est une boîte dans laquelle on rangeait le beurre, expliqua grand-maman avec patience. S'il restait trop longtemps dans la boîte, il prenait un mauvais goût. Il ne fallait donc pas que ça prenne le goût d'tinette. Alors, mes chéris, ce souper, on le mange ?

Je restai évidemment songeur. Moi qui croyais qu'un fantôme, c'était transparent, vaporeux et effrayant, j'avais eu toute une surprise! À vrai dire, à le voir, je n'aurais jamais pensé que Jules puisse être un revenant... en chair et en os.

18 h 45

Je sursautai pourtant lorsque j'ouvris la porte de ma nouvelle chambre et que je l'aperçus, assis tout en haut du lit à étages, qui se laissait ballotter les pieds dans le vide. Je refermai brusquement la porte sur ma vision. *J'ai sûrement eu un mirage*, pensai-je.

Courageusement, je rouvris la porte avec précaution. Je vis d'abord ses bottines noires, ses bas, puis ses pantalons. Et enfin, le reste de son corps. Il était bien réel et n'était pas le fruit de mon imagination.

— Salut, fit-il en souriant tristement.

— Salut, répondis-je avec circonspection en m'approchant du lit.

— Salut, dit Claudine.

Je sursautai car je n'avais pas remarqué la présence de ma sœur qui faisait ses devoirs à son pupitre. Elle me tournait le dos.

— Claudine, demandai-je, que vois-tu sur mon lit?

Elle se retourna et jeta un coup d'œil sur le matelas du haut.

— Un oreiller et une courtepointe, répondit-elle avant de replonger le nez dans son cahier. Pourquoi?

— Ta sœur ne me voit pas, expliqua Jules. Elle ne m'entend pas non plus.

– Pourquoi es-tu venu ici ? demandai-je au spectre, en restant planté devant le lit à étages, le nez en l'air.

– Pour faire mes devoirs, tu vois bien, cloche ! répondit aussitôt Claudine.

– J'ai besoin de ton aide, me dit Jules d'une voix mélancolique.

– Tu as besoin de mon aide ? répétai-je, sans comprendre de quoi il parlait.

– De ton aide ? fit ma sœur sans se retourner. Tu es bien gentil, Jérôme, mais tu ne sais même pas compter jusqu'à dix !

Jules soupira avant de poursuivre :

– Personne ne me voit, sauf toi. Je ne comprends pas pourquoi tout le monde fait comme si je n'existais pas. Ça me rend triste… je me sens très seul.

Et il se mit à pleurer. Consterné, je constatai alors que Jules ne réalisait pas qu'il était mort. Heu, enfin, pas lui, mais son corps. Je n'aurais pas trouvé très délicat de lui dire pareille chose. Je pensai donc qu'il serait préférable qu'il prenne lui-même conscience de son état de morbidité. J'eus alors une idée.

— Je peux te toucher ? lui demandai-je.

— Pour quoi faire ? répliqua ma sœur en se fâchant. Veux-tu bien me laisser faire mes devoirs en paix ! **Maman ! Jérôme ne veut pas me laisser tranquille !**

— Si tu veux, accepta Jules, un peu surpris, en me tendant la main.

Je dirigeai ma main vers la sienne; elle passa au travers et je sentis un froid intense me picoter la peau. Jules me regarda, hébété.

— Viens, lui chuchotai-je, suis-moi. Je vais tout t'expliquer.

Il me suivit au sous-sol, dans la salle de jeu, où nous nous sommes assis l'un en face de l'autre, sur des fauteuils défoncés. Là, nous ne serions dérangés par personne. Il avait très peur de ce que j'allais lui dire, bien plus encore que, moi, je pouvais avoir peur de sa réaction.

— Jules, quelle est ta date de naissance? demandai-je doucement.

— Le 3 mars 1904, pourquoi?

Je frémis. Je n'avais pas réalisé qu'il pouvait être aussi «vieux». Je m'étirai le bras pour prendre un journal qui traînait sur une table de coin. Je lui montrai du doigt la date qui y était imprimée : 3 septembre 1963.

— Nous sommes aujourd'hui le 27 septembre 1963, affirmai-je.

Il éclata de rire, puis, soudain inquiet, me regarda gravement.

— Tu veux dire que j'ai cinquante-neuf ans ? s'étonna-t-il.

— Ce n'est pas tout à fait ça que j'ai voulu dire…

— Regarde-moi, j'ai l'air d'avoir douze ans, oui ou non ? reprit Jules.

— Va te regarder dans le grand miroir, là-bas, s'il te plaît, soupirai-je.

— Si tu veux…

— Il est brisé, ton miroir! s'exclama-t-il bientôt. Je ne vois rien du tout, là-dedans!

Sans dire un mot, je le rejoignis: un seul reflet apparaissait dans la glace: le mien.

— Jules, fis-je doucement, ton corps n'existe plus. Il est mort. C'est pour ça que personne ne te voit.

Il me regarda, puis soudain se mit à pleurer.

— Qu'est-ce que je vais faire, alors? Qu'est-ce que je vais faire? geignit-il en se cachant le visage dans les mains.

Si j'avais pu, mon petit Arnaud, je l'aurais pris dans mes bras pour le consoler. Il me faisait tellement pitié et il était si démuni!

— Nous allons trouver une solution, Jules, déclarai-je. Je ne t'abandonnerai pas comme ça, mon vieux.

132

Lundi 30 septembre, 8 h 20

À partir de ce jour, Jules ne me quitta plus. Malgré ma réticence à peine camouflée, il insista même pour m'accompagner à l'école.

— Tu ne le regretteras pas, m'affirma-t-il.

— Bon, bon, d'accord, abdiquai-je.

— Alors, tu parles tout seul, maintenant? me demanda Dan, qui venait à ma rencontre avec Alain.

— Je récitais mes tables de multiplication, marmonnai-je.

— C'est qui, eux? me demanda Jules.

— Dan et Alain, mes copains, répondis-je spontanément.

— Quoi, Dan et Alain, mes copains? répéta Alain. Tu es vraiment bizarre, toi, ce matin! On jurerait que tu parles à quelqu'un d'autre.

Je laissai échapper un soupir d'exaspération:

— Écoutez, les gars. J'ai besoin de votre aide...

— Tu vas pas le leur dire? s'insurgea Jules.

— **CHUT!** Laisse-moi parler, toi! continuai-je. J'ai des choses à vous dire de la plus haute importance. Réunion d'urgence ce soir après le souper au kiosque que vous connaissez. Dan, tu diras à ton frère Matawin de venir aussi.

La cloche sonna et chacun gagna son rang en silence.

Dans la classe, Jules s'assit sur le coin de mon pupitre. Amusé, il observait les autres élèves lorsque mademoiselle Cadorette arriva avec la pile de devoirs qu'elle venait de corriger.

— Elle a l'air coriace, ta maîtresse! s'exclama mon fantôme.

Je m'esclaffai.

— **Allons, silence, Jérôme!** maugréa mademoiselle Cadorette. Il n'y a rien de drôle ce matin. Prenez tous vos livres d'arithmétique et ouvrez-les à la page quarante-deux. Nous allons faire un concours oral de multiplications et de divisions.

Alors que tous les pupitres s'ouvraient et que les élèves y enfouissaient le nez, à la recherche du livre demandé, je tentai désespérément de soulever le rabat de mon bureau.

— **Allons, Jérôme, on se grouille!** me lança encore l'enseignante.

— Vas-tu bien te pousser un peu, murmurai-je à Jules, toujours assis sur le coin du pupitre.

— Oh pardon ! s'excusa-t-il, étonné d'être soumis à la loi de la pesanteur.

Je fus le dernier à ouvrir mon manuel, sous l'œil perçant de l'enseignante qui me guettait encore, telle une chouette devant la souris qu'elle allait s'offrir en hors-d'œuvre.

— Ce sera les garçons contre les filles, expliqua mademoiselle Cadorette en me jetant un œil méchant. Nous allons commencer la compétition avec toi, Jérôme, puisque tu es le premier de la rangée de gauche. Marie-Hélène, dans la rangée de droite, sera ta rivale. Dans votre cas, on sait tout de suite lequel de vous deux va gagner, ajouta-t-elle.

— Ma parole, elle t'en veut ! constata Jules.

— Les nuls contre les bons… C'est pas juste, mademoiselle! protesta un garçon. Nous, on va perdre tout de suite!

— Il faut donner une chance à chacun, répondit-elle d'un ton suave.

— Mais mademoiselle Cadorette… geignit encore l'élève, d'un ton suppliant.

— Cadorette? répéta mon fantôme, abasourdi. Ta maîtresse, c'est Antoinette Cadorette?

— Oui, chuchotai-je en me cachant la bouche derrière mon livre. Tu la connais?

— Si je la connais…

— **Allons, Jérôme?** fit sèchement l'enseignante en frappant le bureau de sa règle maudite. **C'est pour aujourd'hui ou pour demain?**

Marie-Hélène était déjà debout. Je me levai à mon tour.

— Marie-Hélène : deux fois deux ?

— Quatre, répondit dignement la fille.

— C'était donné, constata Jules.

— Jérôme, huit fois sept ?

Zut, le jeu du huit. Ce n'était pas ma chance...

— Hum... éludai-je.

— Cinquante-six fit Jules.

— Cinquante-six, répondis-je.

— Très bien, Jérôme, dit-elle, surprise. Marie-Hélène, trois fois trois ?

— Neuf.

— C'est pas du jeu, elle a les plus faciles, maugréa Jules. Attends voir…

Il se dirigea à côté de mademoiselle Cadorette et se pencha sur le livre qu'elle tenait ouvert, le livre du maître, dans lequel apparaissaient toutes les réponses aux questions.

— Jérôme, douze fois quinze? demanda-t-elle, persuadée cette fois de m'évincer, la table de multiplication de douze n'ayant pas encore été apprise.

— Cent quatre-vingts, lança Jules.

Ce que je répétai aussitôt. La classe se mit à murmurer. La joute se poursuivit ainsi, les questions se faisant toujours de plus en plus difficiles pour moi.

— **Des jeux de douze pour elle aussi !** se mirent à crier Dan, Alain et plusieurs autres garçons, qui n'étaient pas dupes des faveurs accordées aux filles.

L'institutrice dut s'y soumettre et Marie-Hélène buta puis échoua sur un «douze fois onze». Humiliée, elle se rassit, les joues en feu.

Jules s'amusa ensuite à souffler dans le cou de mademoiselle Cadorette, qui frissonna et se couvrit les épaules d'un châle noir.

— Bon, c'est bien, Jérôme, fit l'enseignante, dépitée, sans même me féliciter. Je vois que tu as fait un certain progrès. Nous allons dire que tu es le vainqueur.

Les garçons de la classe applaudirent à tout rompre.

— Ce qu'elle est devenue laide en vieillissant, cette couleuvre! persifla Jules. Et méchante avec ça, *une vraie sorcière*! Moi qui lui disais que je la trouvais mignonne avec son papillome.

— Mignonne avec son papillome? repris-je en ricanant.

Un papillome, Arnaud, c'est une verrue.

Ma voix résonna, semble-t-il, plus fort que je ne l'aurais voulu. Mademoiselle Cadorette m'entendit et me dévisagea avec de grands yeux apeurés, comme si j'avais été un démon visionnaire. Je la vis serrer le crucifix qu'elle avait autour du cou. Se souvenait-elle, cette vieille fille, du Jules de ses onze ans et des petits mots doux que lui distribuait son valentin?

— Comment sais-tu?...

Mais les mots lui restèrent pris dans la gorge comme une mauvaise bouchée de boudin.

19 h 00

Jules et moi étions déjà au kiosque quand Alain s'y pointa, puis enfin Dan et son frère Matawin. Cinq vieilles caisses de bois que j'avais disposées en cercle nous servirent de sièges.

— Pourquoi cinq? me demanda Matawin en me désignant du menton la place vide à ma droite.

— Nous sommes cinq, répondis-je d'un air solennel. Les gars, je vous présente Jules, le frère de ma grand-mère.

Mes amis se mirent à rire, comme je m'y attendais. Alain éternua et se frotta les bras en grelottant.

— C'est l'homme invisible, peut-être ? lança-t-il en faisant référence à une émission qu'on passait à la télé.

— Si vous jurez de garder le secret, je vais tout vous expliquer, dis-je posément.

Chacun, à tour de rôle, jura le silence et cracha par terre : **juré craché.**

— Vous ne pouvez pas le voir parce que c'est un fantôme. Jules, veux-tu prouver que tu es là, s'il te plaît ? demandai-je.

— Non, maugréa mon fantôme. Je t'avais dit que je ne voulais pas que tu les mettes au courant.

— Écoute, Jules, fis-je, exaspéré. Comment veux-tu qu'on trouve une solution à ton problème si je ne leur dis pas ? Nous avons besoin d'eux. Il y a plus d'idées dans cinq têtes que dans deux.

— Bon, d'accord.

Il se leva et souleva la caisse qui lui servait de banc. Mes copains agrandirent les yeux de stupéfaction.

— **Eh, c'est tout un tour, ça!** fit Matawin en examinant la boîte qui flottait dans les airs.

Jules lâcha brusquement la caisse, qui s'abîma par terre, et courut à l'interrupteur pour éteindre et allumer la lumière plusieurs fois d'affilée. Puis, s'emparant d'une boîte de vieux clous, il la vida sur le sol.

— Bon, bon, ça va, Jules, ordonnai-je en constatant le dégât qu'il faudrait ensuite ramasser.

Mes amis avaient cependant considérablement blêmi.

— Est-ce que vous nous croyez, maintenant? leur demandai-je.

Ils hochèrent tous la tête, incapables de parler. Alain, le plus froussard, se leva brusquement et se dirigea vers la porte. Je l'arrêtai d'un geste:

— Alain, Jules a douze ans et il est très gentil! Reviens, nous avons besoin de toi pour l'aider. Son problème, c'est que, jusqu'à hier, il ne savait pas qu'il était un fantôme. Il ne sait plus quoi faire maintenant.

— Il ne sait pas quand il est mort? s'étonna Alain en se rassoyant.

— Ni comment c'est arrivé? renchérit Dan.

— Non, répondis-je.

— Il doit monter au ciel! affirma Matawin, après quelques secondes de réflexion.

— Il voudrait bien, mais comment? Jules vous fait dire qu'il ne voit d'escaliers nulle part.

Nous étions bien embêtés pour lui et nous sommes creusé la cervelle de longues minutes encore.

Jules se mit à pleurer.

— Ne pleure pas, Jules, le consolai-je. Nous allons trouver une solution, tu vas voir.

Finalement, Matawin eut une idée:

— Demain, nous irons voir le curé, me dit-il. Lui, il saura comment aider Jules, c'est certain. Sinon, nous irons visiter le cyclope, tiens!

— Le fossoyeur? s'insurgea Alain en grelottant de plus belle.

— Oui, continua Matawin. Le cyclope est l'homme le plus savant de Champvert. Il a tellement lu qu'il y a des labyrinthes de livres partout dans sa maison! Il ne faudra pas s'y perdre. Je suis sûr que le cyclope nous aidera à trouver une solution.

Mardi 1er octobre, 15 h 45

Je sonnai à la porte du presbytère qui, voisin de l'église, avait tout comme elle été construit avec des pierres des champs. Matawin, qui avait tenu à m'accompagner, se montra confiant :

— Tu vas voir, chuchota-t-il à l'intention de Jules, le curé va t'aider.

Une femme sans âge, les cheveux noirs coupés en balai, vint nous ouvrir. Je compris que c'était la servante du curé, qu'on surnommait «la Fouine» et dont Matawin m'avait décrit la grande laideur. Elle afficha une certaine surprise en nous voyant. Mon ami lui expliqua que nous souhaitions voir le curé.

— Le curé Berville reçoit les confessions. Allez-y, les enfants, il n'y a pas trop de monde avant le souper.

Son conseil fut suivi et nous nous sommes rendus à l'église, presque déserte à cette heure. Je me trempai les doigts dans l'eau du bénitier et m'en mouillai le front. Je jetai alors un regard anxieux à Jules, qui m'imita en se signant :

— Au nom du Père, du Fils et du Saint-Esprit. Amen.

Comment un fantôme pouvait-il pénétrer dans une église et s'asperger d'eau bénite sans disparaître et être emporté au paradis par son ange gardien ? Je fermai les yeux et priai très fort. Hélas ! Jules, sans même pâlir un tant soit peu, ne vit rien de surnaturel se produire autour de lui et il s'assit docilement entre Matawin et moi, sur un des bancs placés devant le confessionnal.

Nous étions les seuls à attendre d'être confessés.

Tu es déjà allé dans un confessionnal,
Arnaud ? Celui-là était formé
de trois petites cabines adjacentes,
sombres et fermées par des rideaux rouges.
Le curé était assis dans celle du milieu,
où il entendait les confessions d'un côté
et de l'autre, séparé de ses pénitents
par une grille métallique.

Cette journée-là, un seul des deux confessionnaux était occupé. Comme le rideau ne descendait pas jusqu'à terre, nous savions, à voir la jupe et les souliers noirs dépasser à l'horizontale, que c'était une dame sans goût qui s'y était agenouillée. Nous entendions les murmures confus et secrets qui en provenaient, mais ne pouvions malheureusement en distinguer les mots.

De longues, longues minutes s'écoulèrent ainsi et notre attente n'en finissait toujours pas. Avait-elle de si gros péchés que ça à confesser, cette vieille dame? Nous soupirions et commencions à gigoter d'impatience sur notre banc, Matawin jouant avec le crochet à chapeaux, et moi examinant tous les vitraux de l'église. Mon copain eut l'idée de tousser très fort, afin de faire savoir au curé que des gens l'attendaient.

Les murmures continuèrent, indifférents à notre tumulte. À bout d'arguments, Jules se leva soudain et se dirigea vers le confessionnal.

— Jules, où vas-tu? lui chuchotai-je en tentant de l'arrêter de la main.

— Où est-il parti? me demanda Matawin.

Je montrai le rideau derrière lequel était installée la dame et vit Jules passer au travers. Après tout, c'était un fantôme.

Nous n'avons jamais su ce qui s'y passa exactement. D'ailleurs, ce qui se passe et se dit dans les confessionnaux demeure toujours un secret. Ce que je sais, c'est que la vieille dame sortit précipitamment au bout de dix secondes, apeurée et frigorifiée. Elle se signa et se dirigea droit vers la sortie. C'était la première fois que je voyais une vieille dame courir si vite.

La place étant libre, Jules, le sourire fendu jusqu'aux oreilles, me fit signe de le rejoindre dans l'isoloir. Je tirai le rideau et m'agenouillai à mon tour dans la demi-pénombre.

Le curé Berville me reconnut à travers la grille et se renfrogna. Je me souvins alors subitement que j'aurais dû aller le rencontrer au début de la semaine précédente, comme grand-maman me l'avait demandé.

— Eh bien, Jérôme ? me dit-il d'une voix bourrue, c'est seulement aujourd'hui que tu viens ?

— Oui, monsieur le curé, répondis-je en me félicitant d'être séparé de lui par le grillage d'un confessionnal.

J'eus soudain un peu peur. Jules, d'un geste impatient, m'encouragea à continuer.

— Tu m'en veux peut-être encore de t'avoir faussement accusé ? J'espère que tu vas oublier toute cette histoire, hein, et que tu vas rester mon servant de messe ? continua le curé Berville. C'est un gros péché d'être rancunier. Tu veux te confesser ?

— Pas vraiment, monsieur le curé. J'ai plutôt une question à vous poser.

— **HUM**, ce n'est pas très orthodoxe, ça, au confessionnal, protesta-t-il. Mais, vas-y, mon garçon, je t'écoute.

— Monsieur le curé, qu'est-ce que je peux faire pour aider un fantôme à aller au paradis?

Un ange passa, comme on dit.

Ça veut dire qu'il se fit un grand silence, plutôt pesant en pareille occurrence.

J'attendais, confiant et naïf, persuadé que le curé analysait consciencieusement ma question afin d'y répondre correctement. Son visage bourru se rapprocha alors du grillage:

— Si tu ne sors pas immédiatement de ce confessionnal avec ton ramassis d'inepties, c'est moi qui te sors! chuchota-t-il d'une voix terrible et sans appel.

156

Il ne me le répéta pas deux fois et je m'enfuis en courant sans demander mon reste, aussi apeuré que la dame qui m'avait précédé.

Comme j'étais déjà loin, ce fut Matawin, toujours assis sur le banc, qui vit Jules s'envelopper dans le rideau du confessionnal afin de prendre une forme humaine. Le curé Berville, bien entendu, crut au subterfuge et, voulant se saisir du coupable, empoigna le rideau. Il referma alors des bras bredouilles sur une tenture… vide. Son visage, de cramoisi qu'il était, vira au blanc, paraît-il.

Mercredi 2 octobre, 15 h 40

Le plan A ayant échoué, il fallut passer au plan B. Aussi, le lendemain, dès la fin des classes, nous retrouvions-nous tous les cinq au cimetière dans le but d'y rencontrer le fossoyeur, monsieur Grandmaison de son vrai nom. Le géant finissait tout juste de creuser à mains d'homme une profonde fosse quand il nous vit venir dans sa direction. Le trou était en lui-même un chef-d'œuvre remarquable, tant par l'exactitude de ses mesures et de ses proportions que par la perfection du travail; une machine n'aurait pas fait mieux.

Bruce Grandmaison était l'homme le plus grand, le plus gros et le plus fort qu'il m'ait été donné de voir. Encore aujourd'hui, je n'ai jamais rencontré quelqu'un qui puisse l'égaler. Je l'associai aussitôt au géant Beaupré, qui vécut au Québec au début du XXe siècle et qui était capable à lui seul de tirer un wagon ou de soulever un cheval. Le cyclope, ainsi surnommé à cause de son œil crevé qu'il camouflait sous un « œil de pirate », semblait recouvert en permanence d'une pellicule crasseuse aux couleurs oscillant entre le brun et le gris visqueux, une pellicule qui lui collait au corps comme l'aurait fait une seconde peau.

Il releva sa casquette de chasseur qui, recouverte de la même substance douteuse, semblait avoir déjà été d'un quadrillé rouge et blanc, et nous dévisagea à tour de rôle en souriant :

— Vous cherchez quelque chose, les enfants ? demanda-t-il d'une voix si douce et si gentille que j'en tressaillis presque.

— C'est vous qu'on vient voir, monsieur Grand-maison, répondit aussitôt Matawin. On voudrait avoir des conseils pour un travail d'équipe qu'il faut faire à l'école. Vous êtes tellement savant !

Le cyclope sourit de plus belle :

— Vous me flattez, les enfants. Mais vous ne trouvez pas que l'endroit n'est pas tout à fait indiqué pour parler de ça ? Venez plutôt chez moi dans vingt minutes ; je serai alors disposé à répondre à vos questions.

— Il parle comme un grand livre ! constata Dan alors que nous nous éloignions.

Soudain, Jules me tira par la manche. Il s'était immobilisé devant une croix de marbre, sur laquelle un angelot de pierre semblait s'être endormi pour l'éternité. On y avait inscrit :

À la mémoire
de notre bien-aimé
Jules,
disparu subitement
3 mars 1904 — 31 octobre 1916

— Ton corps est-il enterré sous cette croix ? demandai-je.

— Non, répondit-il d'un ton cinglant et un peu impatient. Tu le sais, Aglaé te l'a dit !

— J'espérais qu'elle se soit trompée, expliquai-je.

— On ne se trompe pas sur de pareils détails, Jérôme, grogna-t-il.

16 h 00

Comme le fossoyeur logeait seul dans la drôle de petite maison, toute en bois de grange, située juste en face du clan des filles Larose, nous avons dû une fois de plus emprunter la vilaine P'tite Rue. Cette fois-ci cependant, nous n'avons démontré aucune inquiétude, persuadés que Jules nous servirait d'ange gardien et que nous pourrions marcher à couvert de l'ennemi un long moment avant d'être obligés de fuir. Mieux encore : la galerie des Larose était totalement déserte, ce qui nous permit de nous rendre sans encombre jusqu'à la porte de la maison du cyclope.

— Attention de ne pas vous perdre dans les labyrinthes ! nous avertit sévèrement Matawin.

Alain allait frapper à la vieille porte quand Matawin, d'un geste, l'arrêta :

— Pas besoin de frapper, ici. Alcide va donner le signal.

Un jappement de gros chien se fit effectivement entendre à l'intérieur.

— Écoutez, les gars, dit Matawin en riant, le cabot appelle son maître : «Bruce! Bruce! Bruce!»

Il prononça le prénom à l'anglaise en imitant un jappement, ce qui nous fit éclater de rire : c'est vrai que ce chien parlait, après tout! Il ne faisait pas **WOUAF! WOUAF!** comme tous les chiens, mais bien **BRUCE! BRUCE!**

Le fossoyeur nous ouvrit et je fus surpris de constater que le géant était toujours aussi sale, qu'il n'avait toujours pas daigné changer de «peau». Il continuait de dégager une odeur pestilentielle presque suffocante. L'espèce de gros basset bâtard qu'il retenait d'une main par le collier se mit à gronder et montra les dents en apercevant Jules.

– Tais-toi, Alcide! Couché tapis! lui ordonna le fossoyeur sans parvenir à comprendre l'agressivité de la bête.

Le chien-saucisse (pas un hot-dog, mais un basset), bas sur pattes, alla s'écraser par terre presque instantanément.

Après avoir enlevé nos manteaux, le cyclope nous invita à le suivre à la queue leu leu, escortés du chien parlant, à travers un long couloir jonché de piles de journaux, certaines mesurant plus de deux mètres de hauteur. À la cuisine, le cyclope nous fit asseoir autour de la table. Il termina la cuisson du steak qu'il cuisinait pour son chien (le chanceux!) tandis que nous, bons élèves, préparions nos blocs-notes et nos stylos. Je promenai un long regard à travers cette pièce encombrée et examinai le plafond, ouvert, d'où pendaient nombre de fils électriques.

Après avoir amoureusement coupé la viande en petites bouchées et l'avoir déposée par terre, le cyclope s'assit avec nous.

– Quel est donc le sujet de votre recherche? demanda-t-il.

– Les fantômes, répondis-je.

– C'est un sujet très intéressant et très contro-versé, déclara-t-il sans manifester la moindre surprise. Vous êtes très courageux, les enfants, de vous attaquer à un sujet de recherche comme celui-là.

— Vous croyez aux fantômes, vous, monsieur Grandmaison? demanda Alain.

— Pour y croire, il faut en avoir vu, dit-il mystérieusement. Et je crois bien que j'ai déjà vu quelque chose du genre, un certain matin, alors que je creusais une fosse.

— Vous avez eu peur, monsieur? demanda Alain en éternuant.

— Pas vraiment, parce que c'était en plein jour et que j'avais connu ce gentil monsieur de son vivant. Je ne crois pas que la mort ait pu le rendre subitement méchant.

— Qu'est-ce qu'il faisait là, le fantôme? demanda à son tour Dan, piqué par la curiosité.

— Je crois que le brave homme cherchait son corps, tout simplement, répondit le cyclope. De son vivant, il était analphabète: il ne savait pas lire. Le pauvre vieux ne pouvait donc pas trouver son épitaphe. Je lui ai montré l'endroit où avait été enterré son corps et je ne l'ai plus jamais revu.

— **GÉNIAL !** s'exclama Alain.

Je me retournai vers Jules, debout derrière moi, qui n'avait pas manqué un mot de la conversation. Le chien, grondant toujours, le guettait, un filet de bave au coin de la gueule, prêt à l'attaquer. Il se serait sûrement cassé les crocs sur le plancher s'il avait osé le faire, l'animal !

— Je dois retrouver mon corps, décréta soudain Jules en hochant la tête.

— Comment fait-on pour retrouver le corps d'un mort qui a disparu sans laisser de traces ? demandai-je.

Le cyclope me dévisagea un court moment de son grand œil et sourit:

— Vous, vous me cachez quelque chose, supputa-t-il. Ce n'est pas un travail de classe qui vous amène ici, n'est-ce pas?

Je rougis violemment et baissai la tête d'un air penaud.

— Non, murmurai-je, mais on ne peut rien dire.

— Je comprends, les enfants, reprit l'homme avec douceur. Je vais quand même tenter de vous aider, si j'en suis capable naturellement. Vous connaissez la date de la disparition du défunt en question?

Je me retournai de nouveau vers Jules, qui fit une moue indécise en soulevant les épaules.

– C'était le 31 octobre 1916, affirmai-je en me remémorant subitement l'inscription que j'avais lue à peine quelques minutes plus tôt sur sa pierre tombale.

– Mais c'est le petit Jules... fit le cyclope, l'œil baissé, sans me regarder. Je connais les morts de mon cimetière par cœur, comme si je les avais tricotés.

J'acquiesçai.

– Attendez, continua-t-il, j'ai peut-être quelque chose par là qui pourrait vous aider.

Le géant se dirigea vers l'une des piles de journaux qui jonchaient le couloir. Il consulta la date du journal déposé sur le dessus de chacune d'elles et, satisfait, souleva sans effort un amoncellement d'un mètre de haut pour le déposer en équilibre quelques centimètres plus loin. Sur le sol, il ne restait plus de l'affreuse pile qu'un seul journal, dont le cyclope se saisit.

— C'est l'hebdomadaire de la semaine du 5 novembre 1916, annonça-t-il.

— On peut dire que vous avez le sens de la méthodologie, vous! lança Dan d'un ton admiratif.

— Il s'agit de tout classer par ordre chronologique, dit le cyclope en levant un index persuasif. Rien de plus facile! Il faut ouvrir l'œil, et le bon!

Tout le monde pouffa de rire avant de le suivre à la cuisine, où il feuilleta avec précaution le journal jauni. Les pages en étaient si vieilles et si sèches qu'elles craquaient lorsqu'il les tournait, risquant chaque fois de se déchirer. Si je n'avais pas été si timide, je lui aurais demandé où il avait bien pu se procurer tous ces journaux, surtout ceux qui dataient des années 1910, car il m'apparaissait indéniable que le cyclope n'était pas si vieux.

Tout à coup, le fossoyeur siffla :

— **Ça y est, j'ai trouvé !** s'exclama-t-il en pointant l'encadré d'une photo représentant un garçon. (Je reconnus Jules.) Écoutez ça :

AVIS DE RECHERCHE

Nous prions la population de Champvert de bien vouloir nous communiquer toute information relative à la disparition du jeune Jules Duchemin, 12 ans, vu pour la dernière fois le 31 octobre dernier dans la cour intérieure de la résidence de ses parents, rue Notre-Dame. Anonymat assuré. RÉCOMPENSE PROMISE.

— C'est un bon début, ça! décréta Bruce Grand-maison. Maintenant, il faut reprendre l'enquête du tout début. Voilà ce que vous allez faire…

Et le géant, avec une patience infinie, nous dressa un plan d'enquête détaillé à faire mourir d'envie tout détective chevronné. Quand vint le moment de partir, il nous reconduisit jusqu'au seuil de la porte :

— Dites à Jules que mon chien ne lui en veut pas personnellement, même s'il a grondé sans arrêt après lui. Mon chien déteste les chats, et Jules, c'est un nom de chat.

Tu vois, mon petit Arnaud, lui, au moins, il avait tout compris.

20 h 15

Bien que la dernière bouchée de chocolat fut de trop, je l'avalai sans grimacer. Vêtu de mon pyjama, j'étais assis en indien devant le tiroir à chocolat, grand ouvert, dans lequel gisaient les débris de mon larcin. J'étais soucieux et perdu dans mes pensées.

Afin de me conformer à la première étape des instructions du cyclope, c'était à moi qu'il revenait de tirer les vers du nez à grand-maman et d'obtenir le plus de renseignements possible sur les faits qui étaient survenus dans la journée du 31 octobre 1916.

— Tiens, réalisai-je soudain, c'était la journée de l'Halloween, ça... mais probablement qu'on ne la fêtait pas, en 1916.

J'eus l'idée de demander à Jules si c'était le cas et vérifiai à la dérobade s'il était encore près de moi, mais il était déjà «parti».

Ainsi, mystérieusement, chaque soir dès huit heures, mon fantôme commençait à pâlir au point de devenir presque transparent. Puis, tout à coup, **PAF!** Il disparaissait complètement jusqu'au lendemain. Où allait-il ainsi? C'était un vrai mystère... il ne le savait même pas lui-même! Jules m'avait confié qu'un terrible mal de tête l'assaillait alors et qu'il avait simultanément l'étrange impression de s'endormir. Il ne se réveillait qu'à l'aube, le lendemain, toujours au fond du hangar.

– Te balances-tu la nuit? lui avais-je demandé la veille. J'entends rire un enfant et je suis certain que c'est toi.

De peur de le terroriser, j'omis volontairement de lui dire qu'il hurlait et qu'il tombait tout de suite après.

— Me balancer la nuit ? fanfaronna-t-il. Et quoi encore, jouer au cerceau peut-être ? T'es drôle, toi !

Je n'avais pas insisté. Je chiffonnai le papier d'aluminium qui enveloppait le chocolat et en fis une boulette qui alla rejoindre les autres au fond du tiroir.

Comment pourrais-je aborder grand-maman au sujet de son petit frère sans lui causer du chagrin ? J'en étais là dans mes réflexions quand subitement elle entra dans la chambre. En m'apercevant, une lumière s'alluma dans ses yeux et elle referma doucement la porte sur nous. Je me relevai en vitesse et fermai le tiroir, tout confus.

— Tel est pris qui croyait prendre, Jérôme Lachapelle ! me lança-t-elle d'un air amusé. Combien en as-tu mangé, chenapan ?

— Trois, fis-je en baissant la tête.

— Voyons, mon chéri, reprit-elle sérieusement devant mon air préoccupé, tu as peur de moi ou quoi ?

Aglaé me caressa la joue et, me prenant par l'épaule, me fit asseoir à ses côtés, sur le lit.

— Mais non, grand-maman, la rassurai-je, ce n'est pas ça.

— Qu'y a-t-il, alors ?

— Je voudrais te parler de quelque chose, mais je ne veux pas te faire de peine.

Je fis claquer ma langue afin d'accentuer l'état d'inconfort dans lequel je me trouvais. La ligne était lancée, comme on dit. Il ne restait plus qu'à attendre le poisson. Ce ne fut pas un poisson que je pêchai, mais plutôt un renard.

— As-tu peur que je t'en veuille encore à cause de la photo de Jules? me demanda-t-elle inopinément.

— Tu étais tellement fâchée après moi! rétorquai-je aussitôt en me collant sur elle.

— J'avais surtout de la peine, Jérôme, murmura-t-elle en me caressant les cheveux. Tu sais, mon chéri, la disparition de Jules m'a rendue malade pendant des années. Je me suis toujours sentie responsable.

— Toi, grand-maman? repris-je, étonné.

— Oui, moi, parce que, cette journée-là, vois-tu, c'était moi qui gardais les enfants à la maison. J'avais quatorze ans et j'étais la plus vieille des filles. Nos parents s'étaient absentés pour aller s'approvisionner chez le marchand général.

— Tu gardais Jules aussi?

— Bien sûr, même s'il n'était que deux ans plus jeune que moi. Mais je ne me suis pas du tout occupée de lui cette journée-là parce que ma sœur Colette, qui était un tout petit bébé à l'époque, a pleuré sans arrêt, m'accaparant ainsi jusqu'au retour de mes parents.

— Où était Jules pendant ce temps-là?

— Au départ de mes parents, il jouait dans la cour avec un ami.

— Il se balançait?

Grand-maman me dévisagea avec étonnement:

— Qui t'a dit qu'il y avait une balançoire dans la cour dans ce temps-là, toi?

— Peut-être grand-papa, mentis-je en rougissant. Et puis, grand-maman, que s'est-il passé, après?

— Mes parents sont revenus. On a cherché Jules pour le souper, mais on ne l'a trouvé nulle part, soupira-t-elle. Je ne l'ai plus jamais revu.

— Les policiers ont cherché partout?

— Partout. Ils ont fouillé la maison, le hangar, l'écurie, le kiosque; ils ont cherché dans tous les coins du patelin; ils ont questionné tous les habitants du village; ils ont mis des avis dans les journaux. Personne n'avait rien vu ni entendu.

— Ils ont aussi questionné l'ami qui avait joué avec Jules? demandai-je d'un air sceptique.

— Anatole Laflamme? Oui, j'imagine.

— Tu n'es pas certaine?

— Tu sais, mon Jérôme, ça fait très longtemps de ça... Bon, au dodo maintenant, mon grand!

Mais avec tout le chocolat que tu as mangé, va vite te brosser les dents avant !

Je m'en étais assez bien sorti pour un détective amateur. J'avais franchi haut la main la première étape de l'enquête.

Jeudi 3 octobre, 9 h 30

Gaston, qui revint à l'école après huit jours d'absence d'affilée, tenta par tous les moyens de se faire oublier. Les élèves, cruels, s'étaient d'abord moqués de ses blessures. Gaston avait bien rétorqué en assénant des coups à quelques-uns, mais, sous la menace de sœur Éliotte d'avertir son oncle, il s'était vite ravisé et calmé. Depuis ce temps, il n'extériorisait plus son mécontentement que par les innombrables coups de pied (qu'il avait longs, d'ailleurs) qu'il donnait sur les pattes arrière de ma chaise.

En classe, cette semaine-là, j'étais incontestablement la vedette. Dès que la première cloche sonnait, Jules allait se poster à la droite de son ancienne Antoinette adorée, la mignonne au papillome et, le nez penché par-dessus son épaule, me lisait à voix haute chacune des réponses inscrites dans le livre du maître, m'épelait les mots difficiles des dictées et me conjuguait les passés simples et les subjonctifs de l'imparfait avec une aisance parfaite.

L'enseignante, frissonnante, se croyant victime d'un vilain rhume ou d'un quelconque refroidissement automnal, s'emmitouflait dans des piles de châles de laine ou de longues vestes en tricot, en me fixant d'un regard ahuri ; mon nouveau génie (dans les deux sens !) lui faisait peur, je crois. Elle aurait bien aimé me pincer à tricher, ce qui l'aurait rassurée sur son état mental.

Moi qui n'avais toujours eu à l'école que des performances moyennes, j'excellais maintenant dans toutes les matières. Certains élèves en étaient même venus à m'apporter des cartes de hockey ou des pommes afin que j'accepte de travailler en équipe avec eux. On m'aurait bien accusé de «petit taxage» si le terme avait existé à l'époque, mais on aurait eu tort pour la simple et bonne raison que je fuyais ces faux amis et leurs cadeaux et que je ne demandais rien en échange de mes faveurs.

Ainsi, ce matin-là, après que mademoiselle Cadorette eut proposé un nouveau travail d'équipe, un petit groupe d'élèves s'agglutinèrent autour de mon bureau, dont Alain et Dan :

— Choisis-moi, Jérôme, s'il te plaît, choisis-moi ! me suppliait-on à la dérobée.

J'eus la surprise de constater que Marie-Hélène était du nombre. Elle se faufila jusqu'à moi, s'assit sur le coin de mon pupitre, en plein sur Jules, et me regarda en battant des cils :

— J'aimerais bien qu'on fasse la paix, maintenant que tu es devenu si intelligent, dit-elle.

— Le problème, répliquai-je dare-dare, c'est que toi, tu ne l'es pas devenue assez à mon goût.

Tu sais, Arnaud, il ne faut jamais refuser
de pardonner à un ennemi,
surtout lorsqu'il est repentant,
mais, là, ce fut plus fort que moi.
Ses pluies répétées de projectiles
dans la P'tite Rue
m'avaient imbibé de rancœur.

Elle me **MITRAILLA** du regard et d'un air hautain, s'en alla travailler seule dans son coin, préférant la solitude aux regards narquois de ses petites amies, qui ne comprenaient pas plus que moi qu'elle se soit abaissée à frayer avec l'ennemi : un garçon. Je me retournai vers Gaston, que même ses propres acolytes refusaient de prendre comme coéquipier :

— Est-ce que je peux travailler avec toi, Gaston ?

— Veux-tu rire de moi ? répondit-il en donnant un nouveau coup de pied sur ma chaise.

— Pas du tout.

— Tu veux quoi, en échange, tête de nœud ? demanda-t-il en me regardant dans les yeux.

Perspicace, le type. Je pensai qu'il allait déjouer mon plan en moins de deux ; alors, valait mieux jouer franc-jeu avec lui.

— La condition, c'est que tu répondes à mes questions sans te défiler, annonçai-je.

— On verra, fit-il d'un ton évasif.

C'était une acceptation tacite, ça, mais une acceptation tout de même. J'approchai ma chaise de son pupitre et déposai ma feuille de conjugaison de verbes sur celui-ci.

— Je vous donne dix minutes pour faire ce travail, pas plus! dit mademoiselle Cadorette. Et ça va compter sur le bulletin.

— On prend ta feuille, lança Gaston, c'est toi qui écris.

— J'allais te le proposer, répondis-je. Anatole Laflamme, est-ce que c'est parent avec toi?

— **T'es ben niaiseux, toi.**

J'encaissai l'insulte sans broncher.

— Je n'écrirai rien tant que tu ne m'auras pas répondu, Gaston Laflamme.

Son regard se promena de ma feuille à l'horloge de la classe un bon cinq minutes avant qu'il ne se décide à cracher le morceau.

– **C'est mon oncle, triple buse**, répondit-il enfin.

– Ton oncle? Pepsi? repris-je, abasourdi.

– Tu pensais tout de même pas que c'était son vrai nom, **BÉBÉ**? se moqua-t-il. Je te ferai remarquer qu'il ne reste que quatre minutes pour finir le travail.

– Bon, bon…

Sans même lire les questions et sous les yeux stupéfaits de mon coéquipier, j'écrivis les vingt réponses d'affilée, sous la dictée de Jules évidemment. L'équipe voisine se chargea ensuite de corriger notre feuille en vérifiant les réponses que l'enseignante inscrivait au tableau noir. Nous fûmes les seuls à nous mériter un pointage parfait.

Je vis une expression de fierté se refléter sur le visage de Gaston. C'était bien la première fois de sa vie qu'il obtenait une note de dix sur dix.

— Gaston, chuchotai-je en me penchant vers lui, si tu t'arranges pour que je rencontre ton oncle et qu'il réponde à mes questions, je travaille avec toi jusqu'à Noël.

Il me regarda, surpris :

— Pour quoi faire ?

— T'inquiète pas, tu n'as rien à voir là-dedans, le rassurai-je.

— Dans ce cas, viens chez nous demain soir, après le souper.

Il me fit un clin d'œil en souriant. Je souris aussi, un peu malgré moi néanmoins, satisfait du résultat. Non pas de celui de notre travail d'équipe, mais de celui de la seconde étape de mon enquête, qui avançait bien.

Je m'expliquais mal que Jules puisse souffrir d'amnésie au point d'avoir oublié jusqu'au nom de famille de son copain Anatole. Si mon fantôme avait pu retrouver le souvenir de ses dernières heures de vie, comme il aurait été facile de solutionner son problème et de découvrir où était son corps !

En tous les cas, si chez les fantômes la mémoire est une faculté qui oublie, chez les malheureux vivants c'est surtout une faculté qui se développe proportionnellement, il me semble, au nombre de calamités qu'ils ont vécues. Néanmoins, chez les heureux vivants aussi la mémoire se développe, puisque je me souviens encore de tout ça, Arnaud.

19 h 30

– Et de votre côté ? demandai-je à mes copains après leur avoir soumis un résumé précis de mes investigations.

À nouveau réunis au deuxième étage du kiosque, Dan, Alain, Matawin et moi délibérions en la présence silencieuse de Jules.

– Tu parles trop vite, se plaignit Daniel, qui n'arrivait pas à tout consigner dans le petit cahier à spirale que nous avait remis le cyclope.

– Le coup de téléphone au poste de police n'a rien donné, répondit Matawin sans s'occuper de son frère. On nous a répondu que les dossiers qui dataient de cette période avaient tous été détruits dans l'incendie de l'ancien poste de police.

— Pas de chance, fit Alain, on ne pourra pas vérifier les détails de l'enquête. Et le centenaire du village, on peut aller le rencontrer ?

— Monsieur Alphonse nous attend demain, après l'école, répondit Dan tout en écrivant. Il est sourd comme un pot, mais sa fille m'a dit qu'il se souvenait très bien du temps où il était policier.

— Demain après le souper, je vais questionner Pepsi, annonçai-je, mais je ne veux pas aller là-bas tout seul. Qui vient avec moi ?

— Merci, fit Jules, vexé. Tu me prends pour un courant d'air, maintenant ?

— Mais non, Jules, je ne te prends pas pour un courant d'air…, répondis-je, remarquant du même coup qu'il devenait de plus en plus transparent.

Alain éternua.

— Moi, je ne peux pas, se défendit ce dernier. J'ai une réunion de scouts demain soir.

— Moi aussi, ajouta Daniel.

— Moi, j'ai un cours de rattrapage en mathématiques, compléta Matawin.

— Si je comprends bien, je serai obligé d'y aller tout seul, maugréai-je encore, étourdiment.

— T'es pas tout seul, t'es avec Jules! rétorquèrent en chœur Dan, Matawin et Alain.

— Tu vois, Jules, m'exclamai-je en me retournant dans sa direction, mes amis ne te considèrent pas comme du beurre, eux!

Jules n'était plus assis à côté de moi. Je relevai la tête et l'aperçus, quasi transparent, qui sortait silencieusement de la pièce en flottant pour se diriger vers le petit escalier. L'air absent, il semblait hypnotisé.

— Jules, l'appelai-je.

Il ne réagit pas, comme s'il ne m'entendait plus.

— Je le vois, moi aussi! s'écria Alain, éberlué, qui avait suivi des yeux mon regard.

Dan et Matawin me confirmèrent par leur expression ébahie qu'ils l'apercevaient aussi. Mes amis ne voyaient donc Jules que lorsqu'il était transparent?

Courant à sa suite, il fallut dégringoler l'escalier pour le voir descendre à la cave par la trappe qui s'était mystérieusement ouverte toute seule dans le plancher. Comme nous allions le suivre dans le sombre réduit, la planche à abattant se referma silencieusement devant nous d'une manière tout aussi inexplicable.

Chacun tenta à tour de rôle de tirer l'anneau de fer pour rouvrir la trappe. En vain.

Soudain, un grand fracas nous fit sursauter. Chacun de nous crut mourir de peur quand la porte d'entrée claqua. C'était grand-papa.

– Vous essayez d'ouvrir cette fichue trappe? constata-t-il d'un air légèrement moqueur. Vous perdez votre temps, les garçons: l'entrée de la cave a été condamnée depuis longtemps. Quand j'ai acheté la maison, on m'a dit que la trappe avait été scellée par le père Laflamme au début du siècle.

– Tu dois te tromper grand-papa, parce que..., rétorquai-je

Matawin me flanqua un grand coup de coude dans le thorax pour me faire taire.

— Daniel, ta mère vient de téléphoner, reprit mon grand-père qui avait volontairement fait fi de ma répartie, qui lui avait semblé grotesque. Il est huit heures, il faut rentrer chez vous, les garçons.

Vendredi 4 octobre, 15 h 45

L'unique centenaire du village, monsieur Alphonse, habitait avec sa fille la maison située juste à côté de l'école. De ce fait, il était le voisin immédiat de Dan et de Matawin, qu'il connaissait bien. Aussi, notre rencontre ne fut-elle pour lui que l'occasion de bavarder un peu avec ses jeunes voisins et de faire connaissance avec leurs deux meilleurs copains.

Le vieillard, tout petit, ressemblait à s'y méprendre à monsieur Magoo, un personnage de bande dessinée. Il nous accueillit lui-même à la porte tandis que Jules, sans gêne, n'avait pas attendu la permission avant d'entrer. Monsieur Alphonse nous demanda nos noms et ceux de nos parents, et nous fit ensuite passer dans le salon propret sentant le désinfectant; nous nous y sommes assis, un peu intimidés. Ce charmant vieillard aux yeux pétillants et au sourire engageant n'avait plus un seul poil sur la tête, mais il semblait se préoccuper beaucoup des rares qu'il avait sous le nez; il passait son temps à les lisser et à les étirer. Le centenaire s'installa en face de nous, dans sa chaise berçante, s'alluma un cigare et, en se penchant dans notre direction, nous demanda à brûle-pourpoint:

— Alors, les jeunes, vous voulez savoir quoi, au juste?

— Vous vous souvenez du temps où vous étiez dans la police, monsieur Alphonse? demanda Matawin.

— J'suis vieux, mais j'suis pas gaga, mon p'tit jeune. Parle-moi bien en face pour que je puisse lire sur tes lèvres; je suis un peu dur d'oreille.

— Vous souvenez-vous de la disparition de Jules Duchemin? reprit Matawin.

— Ah! le p'tit Jules... Comme c'est triste, cette affaire-là, se remémora monsieur Alphonse en se berçant. On ne l'a jamais retrouvé. La famille a eu tellement de peine.

Il nous considéra un moment avant de remarquer:

— C'est un drôle de sujet pour un travail d'école, ça, les jeunes.

— Il faut monter une interview, mentit Daniel en prenant des notes dans son calepin. Nous avons plusieurs questions à vous poser sur votre ancien métier de policier. Ce sera très instructif pour la classe.

— Pour sûr ! admit le centenaire en aspirant le bout de son cigare, dont le feu semblait s'éteindre, pour tenter de l'attiser. Ça peut mettre les enfants en garde contre les kidnappeurs. C'est sûrement ça qui s'est passé, d'ailleurs : le p'tit Jules jouait tout fin seul dans sa cour, un homme l'a attiré avec des « nananes », puis l'a enlevé. Qu'a-t-il fait du corps ensuite, ça reste un mystère et…

— Et il est complètement dans les patates, ce bonhomme ! compléta Jules en secouant la tête avec un air de mépris. Toutes des suppositions gratuites…

— Pardon, interrompis-je respectueusement le vieil homme. Je crois que vous faites erreur : Jules n'était pas seul dans la cour. Il se balançait avec un ami pendant que ma grand-mère s'occupait du bébé.

— Avec un ami ? fit monsieur Alphonse. Je ne me souviens pas de ce détail, le jeune. Et j'ai une excellente mémoire pour mon âge, surtout pour les choses qui se sont passées il y a longtemps. Es-tu bien certain de ce que tu avances ?

— C'est ma grand-mère qui me l'a dit.

— Aglaé est fiable, pourtant, reprit le vieil homme, un peu pour lui-même. C'est bizarre, je ne me souviens pas qu'on ait interrogé d'enfants impliqués de près ou de loin dans l'affaire. Et ce serait qui, cet ami, d'après ta grand-mère ?

— Anatole Laflamme, répondis-je.

Le cigare du centenaire s'était éteint. Je crois bien que Jules en avait étouffé la flamme à force de souffler dessus. Monsieur Alphonse se tortillait la moustache, cherchant très fort à se souvenir, mais il secoua la tête :

— Je me souviens d'avoir parlé avec le père d'Anatole, qui nous a offert son aide pour les recherches. C'était un homme dur, très autoritaire, et j'ai toujours pensé qu'il battait ses enfants, surtout le petit Anatole, qui se promenait avec des bleus partout sur le corps. Mais je n'ai jamais interrogé Anatole Laflamme pendant l'enquête, ça, je pourrais en mettre ma main au feu.

— Le père d'Anatole vous a aidé dans vos recherches ? reprit Matawin, soudain soupçonneux.

— Pour sûr. À ma souvenance, c'est même lui qui a fouillé les bâtiments des parents d'Aglaé, le jeune. On avait partagé le village par secteurs et tout le monde a participé aux recherches. Mais, je ne vois pas le rapport avec votre travail d'école…

— Bon, si on commençait à poser les questions de l'interview, proposa Daniel pour rompre le silence dans lequel semblait maintenant se complaire notre centenaire.

— **Bonyenne de bonyenne!** s'exclama tout à coup monsieur Alphonse, qui n'avait pas entendu Dan pour la simple et bonne raison qu'il fixait le plafond. Je me souviens, maintenant! Je n'ai pas pu parler au petit Anatole parce que son père prétextait qu'il était alité avec les oreillons et qu'il y avait danger de contagion. Tous les garçons du village avaient peur pour leur virilité, si vous comprenez ce que je veux dire.

Jules secoua la tête :

— Danger de contagion ? Anatole n'était même pas malade, j'en suis sûr !

Mes amis et moi étions satisfaits. Je crois qu'ils semblaient avoir compris bien des choses, eux aussi, même s'ils ne pouvaient plus ni voir Jules ni l'entendre.

Au moment de nous reconduire à la porte, monsieur Alphonse nous dévisagea soudain, Alain et moi, d'un air méfiant en levant sa canne vers nous :

— **Vous êtes qui, vous deux ? Qu'est-ce que vous venez faire ici ?** nous apostropha-t-il avec colère.

— Voyons papa, répondit sa fille pour l'excuser devant nous, ça fait une heure que tu discutes avec eux, tu ne te souviens pas ?

— Je ne les ai jamais vus, rétorqua durement le vieil homme.

Et il nous referma la porte au visage. Je priai très fort pour que grand-papa et grand-maman ne soient jamais affligés de ce terrible mal qu'on appelle la maladie d'Alzheimer.

17 h 00

Quand je rentrai à la maison en compagnie de Jules, je vis deux énormes claques posées sur le tapis de l'entrée.

Tu sais, Arnaud, des claques, ce sont des espèces de semelles noires en caoutchouc dans lesquelles on rentre les souliers...

J'eus alors peur de comprendre.

— Jérôme, appela ma mère du salon, viens dire bonjour à monsieur le curé !

Ah non, pas lui ! pensai-je. *Qu'a-t-il bien pu venir raconter contre moi à ma famille ?*

Le curé Berville serait donc venu m'attendre exprès et, au moment où il me verrait, il me tirerait les oreilles ! Je ne pouvais échapper à mon cruel destin.

— Jérôme, veux-tu bien venir ? m'appela encore maman d'une voix quelque peu impatiente.

— Courage, je suis là, me souffla Jules. Qu'il essaie de te toucher, cette bedaine à soutane, et tu vas voir ce que je lui réserve !

Je me présentai au salon. Le curé trônait sur le grand sofa rouge, à côté de grand-maman, et en face de la causeuse où s'étaient installés maman et grand-papa. Mes sœurs, assises sagement par terre, écoutaient la conversation en coloriant sur la table à café.

— **Ha! Jérôme!** s'écria le curé d'une voix tonitruante en me voyant.

Il se leva précipitamment pour se diriger vers moi. Je fermai les yeux à demi, attendant l'impact. À ma grande surprise, il me prit affectueusement par les épaules et m'entraîna à côté de lui ; j'étais coincé entre son gros ventre et celui, tout de même plus petit, de grand-maman, tandis qu'il vantait mes qualités d'enfant de chœur et d'élève modèle à toute ma famille.

Jules ne comprit pas plus que moi quelle mouche avait bien pu piquer le religieux pour qu'il change aussi radicalement de comportement.

— Vous resterez bien à souper avec nous, monsieur le curé ? l'invita gentiment grand-maman.

Un bon bouilli de bœuf plein de légumes, ça va vous faire du bien !

Non, mon Dieu, s'il vous plaît, priai-je silencieusement.

Toutefois, la grosse voix retentit, plus joyeuse que jamais :

— **Vous êtes trop aimable, madame Lachapelle. Ça sent tellement bon ici et vous me prenez par mon point faible... le ventre ! J'accepte, mais je vous avertis, je dois partir tôt.**

Le curé insista pour s'asseoir à côté de moi et, pendant toute la durée du repas, m'entretint de l'école, de mes copains, de mes sports favoris et de mes desserts préférés.

— Pincez-moi, je rêve, fit Jules, installé entre moi et mon soi-disant tortionnaire.

Le menton posé sur les mains, mon protecteur invisible promena à plusieurs reprises son regard désopilant du curé jusqu'à moi, cherchant plus, je crois, à me faire rire qu'à déjouer une ruse quelconque. Au moment du café, je jetai un œil impoli à l'horloge grand-père installée dans un coin de la salle à manger.

— Tu as quelque chose à faire de spécial, mon enfant ? me demanda le curé en interceptant mon regard.

— Je dois aller chez Gaston Laflamme, dis-je, en me levant. J'ai promis de l'aider à faire ses devoirs.

— Tu fais preuve d'une grande générosité en voulant aider ce garçon un peu désœuvré ; je t'en félicite. Ça tombe bien, je dois aller dans ce coin-là, moi aussi. Je t'escorterai, si tu le veux bien. À moins que quelqu'un d'autre ne t'accompagne?... ajouta-t-il tout bas, à ma seule intention.

Il soutint fermement mon regard. Je me hâtai de baisser les yeux, ne sachant quoi penser de sa dernière remarque.

Faisait-il de l'esprit de bottine ou bien essayait-il de me faire passer un message sur ce qu'il croyait avoir deviné?

— Non, non, répondis-je. Je suis seul.

— **Ahhhh!** dit-il.

Sa bouche resta ouverte un long moment tandis qu'il continuait à m'observer. Le curé Berville savait que Jules était là, j'en fus soudainement convaincu. Le tour pendable que Jules lui avait joué au confessionnal l'avait définitivement rallié à l'existence des revenants. Ce n'était pas trop tôt: tout curé aurait dû connaître ces mystères-là, à mon avis. Les prêtres n'étaient-ils pas censés être des sauveurs d'âmes ?

— Tu ne prends pas ton sac d'école ? me demanda-t-il sur un ton soupçonneux alors que nous sortions de la maison après des salutations et des remerciements qui n'en finissaient plus.

— Ce sont les devoirs de Gaston qu'on va faire, pas les miens, répondis-je avec impertinence.

— **ET TOC!** fit Jules.

Nous avons marché un long moment en silence. C'était bizarre, mais la présence du curé Berville me rassurait, même si elle me dérangeait à bien des points de vue. Peut-être était-ce parce que je n'aurais pas à déambuler seul devant la maison des Larose...

Néanmoins, je m'inquiétais d'être vu en compagnie de l'homme à soutane et priai de toutes mes forces qu'il ne m'accompagne pas jusque chez Gaston. Ce dernier, en effet, n'avait-il pas été battu à cause des plaintes que le curé Berville avait faites à son endroit? Si Gaston m'apercevait avec lui, c'était tout mon plan qui risquait de s'effondrer.

— Moi, je vais un peu plus loin, dit le curé en me laissant devant chez Gaston. Travaille bien, surtout!

19 h 00

Soulagé, je le regardai s'éloigner avant de me décider à frapper à la porte. Gaston m'ouvrit et me fit entrer dans la cuisine avec un sourire gêné.

La pièce, enveloppée d'un léger brouillard, empestait la fumée de cigarette; en plus, c'était un véritable capharnaüm.

Tu appelles ça un bordel, toi, Arnaud.

Les comptoirs et le sol étaient jonchés de bouteilles de bière et de cola vides, ainsi que de vaisselle sale.

— Bonjour, dis-je poliment à l'intention de l'oncle Anatole, dit Pepsi, assis au bout de la table à boire une bière à même la bouteille.

L'homme me toisa d'un regard dur sans même daigner me répondre. Il se leva pour s'allumer une cigarette puis se rassit tranquillement, cette fois-là dans la chaise berçante placée un peu plus loin, afin de nous permettre de nous installer à la table. J'avais l'impression qu'il me guettait. Gaston commença par enlever quelques assiettes afin de dégager l'espace nécessaire à nos travaux ; il essuya ensuite la table avec la manche de son chandail, puis ouvrit son cahier de devoirs et son livre de lecture.

— Comme ça, t'es venu aider mon bon à rien de neveu ? commenta Pepsi.

Puis, se tournant vers Gaston :

— Tu trouves pas ça louche, toi, Gaston, qu'un p'tit gars de la Grand'Rue te fasse tout à coup la charité ?

— Commencez pas, mon oncle, supplia Gaston. Je vous l'ai dit qu'on faisait un travail d'équipe. C'est mademoiselle Cadorette qui nous a placés ensemble ; on n'a pas le choix.

Je fus surpris que Gaston vouvoie son oncle et je me demandais s'il le faisait par respect ou à cause de la peur que l'homme lui inspirait. Toutefois, comme se poser la question c'est aussi y répondre, j'optai pour le second choix.

Les devoirs de Gaston, les vrais, furent faits en premier pour nous en débarrasser. Puis, mine de rien, je tentai d'engager une conversation amicale avec Pepsi. C'était comme vouloir faire joujou avec un alligator :

— Ma grand-mère m'a dit que vous étiez un des meilleurs amis de son petit frère quand vous étiez jeune, commençai-je.

— C'est qui, ta grand-mère ?

— Aglaé Duchemin. Son petit frère, c'était Jules.

Je le sentis soudainement tressaillir jusqu'au plus profond de son être.

— ... me souviens pas de ça, répliqua-t-il sur un ton qui ressemblait davantage à un aboiement qu'à une voix humaine.

— Ma grand-mère est sûre que c'est vous, insistai-je en faisant fi du coup de pied d'avertissement que m'avait donné Gaston sous la table. Vous vous balanciez souvent avec lui dans sa cour.

— Danger ! fit Jules.

— ... me souviens pas de ça, répéta Anatole Laflamme.

— Elle se rappelle même que vous vous êtes balancé avec lui le jour de sa disparition, lançai-je courageusement.

— Tu diras à ta grand-mère qu'elle est folle ! cria l'homme en se levant et en se dirigeant droit sur moi.

J'avoue qu'il me terrorisa, même si rien n'y parut. Jules se plaça entre lui et moi, prêt à intervenir au besoin.

— Voyons, mon oncle, plaida Gaston avec de grands yeux apeurés, Jérôme n'a rien dit pour vous fâcher.

— C'est vrai, je ne voulais pas vous mettre en colère, dis-je innocemment.

— **Ne me parle plus jamais de ça !** hurla-t-il en me pointant d'un index féroce, **sinon...**

Je ravalai ma salive et hochai la tête. Près de moi, Gaston tremblait. Je me saisis de sa grammaire et, les mains moites, me forçai à lui expliquer calmement la distinction entre les homonymes et les synonymes. Mon cœur battait la chamade dans ma poitrine.

— Tu vois, Gaston, dis-je tranquillement en sachant pertinemment que l'oncle nous écoutait, les termes *tuait* et *tu es*, ce sont des homonymes.

– C'est pareil, dit Gaston sans comprendre.

– Mais non, ce n'est pas pareil, écoute bien. Le *tuait* dans la phrase «Ce bandit tuait des enfants» et le *tu es* dans la phrase «Tu es mon meilleur ami», ça ne veut pas dire la même chose. C'est ce qu'on appelle des homonymes.

C'est alors que, brusquement et sans crier gare, Pepsi se jeta sur moi et m'empoigna au collet pour me plaquer contre le mur :

– **Sale morveux!** hurla-t-il, **es-tu venu chez moi pour m'accuser d'avoir tué Jules Duchemin, par hasard?**

Une énorme voix se fit soudain entendre derrière nous :

– **Anatole Laflamme, lâche immédiatement cet enfant,** ordonna le curé Berville. **Sinon, c'est moi qui vais te casser la figure.**

Nous nous sommes tous retournés en même temps vers le nouvel arrivant, qui était entré sans bruit dans la maison. Pepsi relâcha aussitôt son étreinte. D'un signe de tête, le curé nous enjoignit, Gaston et moi, d'aller nous asseoir dans les escaliers. Il fallut obéir et aller nous réfugier tout en haut, sur la dernière marche, bien décidés à ne pas manquer un mot de la conversation qui s'ensuivrait.

– **Comment êtes-vous entré ici, vous?** demanda Pepsi au curé, la voix pleine de colère, de rage et de défi.

– **Assois-toi,** commanda durement le curé Berville sans lui répondre. **Je crois que tu as des choses à me raconter à propos de Jules, Anatole Laflamme. Ça presse. Regarde-toi l'allure. T'es en train de te gâcher l'existence avec tes remords de conscience.**

Pepsi dévisagea le curé avec stupéfaction. Sa colère se changea soudainement en détresse et ses grands yeux tombants qui rappelaient ceux de Goofy se mouillèrent de larmes :

— Monsieur le curé, je ne l'ai pas tué, c'était un accident ! expliqua-t-il d'une voix remplie de sanglots.

— Bon, bon, je veux bien te croire. Calme-toi et raconte-moi tout ça calmement, fit le curé en radoucissant la voix et en déposant une main protectrice sur l'épaule tremblante de l'alcoolique.

Et nous pûmes enfin connaître toute l'histoire, Arnaud...

Anatole vivait avec ses six frères et sœurs dans la maison de son père, celui que l'on appelait l'homme à tout faire de Champvert. Sa mère était morte alors qu'il avait sept ans et, depuis ce temps, son père tentait seul, avec un maigre salaire, de subvenir aux besoins de sa famille et de faire fonctionner la maisonnée.

La vie familiale allait de mal en pis, et le père Laflamme maltraitait chaque jour davantage le petit Anatole, celui qui souffrait le plus de l'absence de sa mère. Il en vint même à le battre et à le priver de nourriture.

Heureusement que, dans son malheur, Anatole avait un ami de son âge, le jeune Jules Duchemin, qui habitait la maison voisine et avec qui il jouait pendant de nombreuses heures tous les jours.

Le 31 octobre 1916 fut une journée qui avait débuté comme toutes les autres. Anatole et Jules s'étaient retrouvés dans la cour arrière de la famille Duchemin pour s'amuser ensemble dans la balançoire. D'un commun accord, ils avaient tenté de faire le tour du chapeau, c'est-à-dire de faire un tour complet pour passer par-dessus la structure de la balançoire elle-même.

C'était, tu en conviens, un jeu extrêmement dangereux et imprudent.

Vint le tour de Jules d'être assis et celui d'Anatole de pousser son ami.

— Pousse-moi plus fort que ça, commanda Jules en riant aux éclats. Je ne vais pas assez haut!

Et Anatole poussa, poussa à un point tel qu'il arriva ce qui devait arriver: Jules tomba dans un grand cri et se fracassa la tête sur le sol.

Son copain se précipita vers lui et, le trouvant inanimé, commença à le secouer comme un prunier pour qu'il reprenne connaissance. Jules daigna enfin ouvrir les yeux et reconnut son ami en larmes, penché sur lui.

— Tu m'as fait une de ces peurs! gémit Anatole. T'es mieux de rentrer chez vous et d'appeler le docteur.

— Mais non, ça va bien. Regarde, je peux même me lever, le rassura Jules. J'ai mal à la tête, mais ça ne saigne pas. J'ai seulement une de ces bosses!

Les amis décidèrent d'aller jouer cette fois au fond du hangar, sur le tas de foin destiné à nourrir les chevaux.

Il n'y avait pas encore d'automobiles, à Champvert, en 1916, mon petit Arnaud. On se servait donc des chevaux pour se véhiculer.

Ils se couchèrent finalement sur le tas de foin, côte à côte, et commencèrent à se raconter des histoires drôles. À un certain moment, Anatole, ne recevant pas de réplique de la part de son ami, se retourna vers lui.

Jules avait les yeux grand ouverts et ne bougeait plus. Du sang avait coulé de sa bouche et de son nez. Il était mort.

Dès cet instant, une terrible peur s'empara d'Anatole, celle d'être tué par son père. L'enfant, paniqué et en larmes, cacha le corps de son copain profondément sous le foin, puis courut jusque chez lui, où il se terra dans sa chambre. Il devint si angoissé dans les heures qui suivirent qu'il vomit à de nombreuses reprises et fut pris de coliques. Dans la soirée, des policiers vinrent frapper à la porte des Laflamme. Anatole, stupéfait, entendit alors son père leur répondre qu'il n'avait pas vu Jules, que son fils était malade et qu'il n'avait pas joué avec son copain de la journée. Les hommes le crurent, les effluves des vomissures d'Anatole parvenant jusqu'à leurs narines.

Une fois que les policiers furent partis, le père monta dans la chambre où, sous la menace du fouet, il arracha des aveux complets à son fils sur ce qui s'était réellement passé. Cependant, alors qu'Anatole s'attendait à recevoir une terrible correction, son père lui fit une déclaration étonnante.

— N'aie pas peur, je vais tout arranger, chuchota-t-il à son fils en le serrant dans ses bras pour tenter de calmer la crise de panique qui s'était emparée de lui et qui avait ameuté les autres membres de la famille, lesquels s'étaient attroupés devant la porte. Si jamais tu parles, on va te pendre haut et court et notre famille va être déshonorée par ta faute.

Ainsi, contre toute attente et malgré toutes ces années pendant lesquelles Anatole avait été battu, l'enfant comprit que son père l'avait toujours aimé.

C'est un bien drôle d'amour, me diras-tu, mais enfin...

Père et fils seraient dès lors liés par le terrible secret jusqu'à la mort.

Monsieur Laflamme enferma son fils pendant près d'un mois dans la chambre, l'obligeant à garder le lit et lui défendant de parler à qui que ce soit de ce dont ils avaient discuté. Il fit courir le bruit dans tout le village qu'Anatole avait les oreillons et qu'il était contagieux.

Pendant la seconde nuit de sa réclusion, l'enfant entendit son père sortir de la maison et il se précipita à la fenêtre de la chambre, dont la vue donnait sur la cour des Duchemin. À travers la pénombre, Anatole vit son père entrer dans le hangar des Duchemin et en ressortir avec ce qui lui sembla être un tapis roulé. Il comprit que le corps de Jules y était camouflé. Son père s'éloigna avec son fardeau en direction du fleuve et disparut dans la nuit noire, sortant du même coup du champ de vision de l'enfant.

Après avoir dit la vérité à son père, le petit Anatole s'était senti délivré d'un énorme poids. Cependant, avec les années, l'enfant devenu homme comprit le mal qu'il avait fait aux Duchemin en camouflant l'accident. Les remords alourdirent à nouveau sa conscience, rongèrent sa vie et firent de lui un alcoolique. Anatole buvait pour tenter d'oublier Jules.

— Le Bon Dieu t'a pardonné il y a bien long-temps, assura le curé Berville à l'homme qui pleurait devant lui. Mais la confession que tu m'as faite aujourd'hui va te délivrer à tout jamais de tes remords de conscience, Anatole. Tu peux vivre en paix maintenant.

De son pouce, le curé Berville traça une croix sur le front moite de l'oncle Pepsi.

Jules, pétrifié par les révélations de son ancien ami, pleurait doucement près de moi. Il était presque huit heures et il commençait à nouveau à devenir transparent.

— Je me souviens de tout maintenant, me déclara-t-il d'une voix sourde. Je pouvais bien souffrir d'amnésie avec cette blessure à la tête…

— Où est le corps de Jules, Anatole? demanda doucement le curé.

— Je n'ai jamais su ce que le père en avait fait, répondit Pepsi. Quand papa (il prononçait *pâpâ*) est mort, il a emporté son secret avec lui dans sa tombe.

— Moi, je sais où il est, annonçai-je d'une voix forte du haut de l'escalier.

Anatole et son neveu nous reconduisirent à la porte et l'oncle me serra la main en souriant, presque métamorphosé. Le curé Berville et moi partîmes seuls, les laissant à leur nouveau et profond sentiment de paix. Je sentis néanmoins que Gaston aurait bien voulu nous accompagner afin de connaître le dénouement de toute l'histoire.

Comme Jules devenait de plus en plus transparent, je me décidai à courir, obligeant du même coup le curé à m'imiter. Dan et Alain, inquiets de mon sort, avaient décidé de quitter le local des scouts pour venir me rejoindre chez

Pepsi. Voyant le curé à mes trousses, mes amis crurent qu'il me poursuivait pour me faire passer un mauvais quart d'heure. Ils se jetèrent sur lui pour lui barrer la route et je dus rebrousser chemin pour leur ordonner de nous suivre sans poser de questions.

Nous arrivâmes au kiosque à bout de souffle. Je les menai sans tarder à la trappe de la cave.

— C'est là, dis-je au curé, qui tentait de reprendre sa respiration.

Il essaya de tirer l'anneau de fer pour soulever la trappe.

— C'est impossible de l'ouvrir, monsieur le curé. Elle a été scellée par le père Laflamme bien avant que mon grand-père n'achète la maison.

— Tout s'explique, fit-il, pensif. Le père d'Anatole a caché le cadavre sous cette trappe après que le kiosque eut été fouillé puis, à la première occasion, il a scellé l'ouverture.

À cet instant, un grand bruit provint de la trappe et une scène un peu similaire à celle qui s'était déroulée la veille se produisit: Jules apparut, transparent et l'air hébété, flottant vers la trappe qui s'était ouverte toute seule. Cette fois cependant, il fut possible de suivre le fantôme dans le soubassement après avoir immobilisé la trappe avec une caisse de bois pour l'empêcher de se refermer.

Une mystérieuse lumière émanait de la cave, ce qui nous permit de distinguer un tapis roulé qui avait été déposé dans un coin. Nous avons alors vu le fantôme de Jules se positionner à l'horizontale au-dessus de la moquette roulée, comme s'il se couchait, pour descendre et finalement disparaître à l'intérieur. Daniel et Alain déroulèrent silencieusement le tapis poussiéreux. Les ossements de Jules y étaient, enveloppés des vêtements qui apparaissaient

sur la photo, dont la ridicule casquette ronde
à carreaux et la petite cravate.

Jules apparut soudain devant nous, souriant et transparent. Tous le voyaient!

— Merci, Jérôme, dit-il d'une voix qui sonnait
la ferraille. Je peux monter dans la Lumière
maintenant. Je ne t'oublierai jamais. Aie une
petite pensée pour moi le jour du 31 octobre.

Puis il disparut. Je réalisai que le curé Berville
m'avait empoigné la main. Je crois qu'il avait eu
très peur.

ÉPILOGUE

Dimanche, 3 mai 2015

Jérôme Lachapelle et son petit-fils Arnaud s'étaient immobilisés devant une grosse pierre tombale. Il y était inscrit :

> *Ci-gît*
>
> *Anatole Laflamme (1902-1994)*
>
> *et son épouse,*
>
> *Antoinette Cadorette (1903-1994).*

— Ça fait vingt et un ans qu'ils sont morts, tous les deux ! commenta le vieil homme en nettoyant le dessus du monument avec le dos de sa main. Comme ça passe vite, la vie, mon petit.

Le garçon, stupéfait, considéra son grand-père avec de grands yeux ronds :

— Grand-papa, Pepsi a marié ta professeure si malcommode ?

Le vieillard éclata de rire :

— Après sa confession au curé Berville, Anatole a complètement changé : il a cessé de boire (sauf du cola, évidemment !) et a trouvé un travail honnête dans une quincaillerie qu'il a achetée par la suite. Il était si gentil avec les gens que son commerce est devenu florissant. Même la mignonne au papillome, la première conquête de son copain Jules, n'a pu résister à son charme. Il ne faut pas oublier qu'ils se connaissaient depuis leur tendre enfance, après tout.

Jérôme leva soudain les yeux en direction du stationnement, où il put voir son fils Germain lui faire de grands signes de la main.

— Je crois que ton père nous attend pour partir, Arnaud. Il faut vite aller le rejoindre à l'auto.

— Et Gaston, grand-papa, que lui est-il arrivé ? demanda encore Arnaud sans bouger.

— On m'a dit que mademoiselle Cadorette, après avoir épousé l'oncle Pepsi, l'a affectueusement pris sous son aile et aidé à poursuivre ses études de droit. Il est devenu notaire à Champvert.

— Oh ! wow ! s'exclama le garçon, fasciné.

Puis, après une courte réflexion, Arnaud enchaîna :

— À ta place, je me serais ennuyé de Jules... mais c'est tant mieux s'il est monté pour toujours dans la Lumière.

— Ce n'est pas tout à fait comme ça que les choses se sont passées, vois-tu, rétorqua mystérieusement le vieil homme.

— Qu'est-ce que tu veux dire, grand-papa ?

— Ça, mon garçon, c'est une autre histoire que je te raconterai peut-être un jour, répondit Jérôme Lachapelle.

Puis, sous le regard abasourdi d'Arnaud, le vieil homme brandit un bras vers l'avant et s'éloigna au pas de course en direction de l'auto, comme si un être invisible l'avait pris à sa remorque en le tirant par la main.

Catalogage avant publication
de Bibliothèque et
Archives nationales du Québec
et Bibliothèque et Archives Canada

Brien, Sylvie,

[Spectre]

Jérôme et son fantôme

(Grand roman Dominique et compagnie)
Publié antérieurement sous le titre : Le spectre.
Montréal : Éditions Porte-bonheur, 2002.
Pour les jeunes de 9 ans et plus.

ISBN 978-2-89739-232-1
ISBN numérique 978-2-89739-281-9

I. Franson, Leanne. II. Titre. III. Titre : Spectre.

PS8553.R453S65 2015   jC843'.6
C2015-941214-5
PS9553.R453S65 2015

Aucune édition, impression, adaptation
ou reproduction de ce texte, par quelque
procédé que ce soit, tant électronique
que mécanique, en particulier par photocopie
ou par microfilm, ne peut être faite
sans l'autorisation écrite de l'éditeur.

© Les éditions Héritage inc. 2015
Tous droits réservés

Chargée de projet : Françoise Robert
Directrice artistique : Marie-Josée Legault
Correction d'épreuves : Valérie Quintal
Conception graphique : Nancy Jacques

Illustrations de couverture : Shutterstock

Droits et permissions :
barbara.creary@dominiqueetcompagnie.com
Service aux collectivités : espacepedagogique@
dominiqueetcompagnie.com
Service aux lecteurs :
serviceclient@editionsheritage.com

Dépôt légal : 4e trimestre 2015
Bibliothèque et Archives nationales du Québec
Bibliothèque et Archives Canada

Dominique et compagnie
1101, avenue Victoria
Saint-Lambert (Québec) J4R 1P8
Téléphone : 514 875-0327
Télécopieur : 450 672-5448
Courriel : dominiqueetcompagnie@
editionsheritage.com
www.dominiqueetcompagnie.com

Imprimé au Canada

Nous reconnaissons l'aide financière
du gouvernement du Canada par l'entremise
du Fonds du livre du Canada
et du Conseil des Arts du Canada.

Nous reconnaissons l'aide financière
du gouvernement du Québec par l'entremise
du Programme de crédit d'impôt – SODEC –
Programme d'aide à l'édition de livres.